徳 間 文 庫

安倍晴明くすしの勘文（かもん）

六道 慧

徳 間 書 店

目次

第一帖　桜の屛風

一

屛風から花が落ちた。

桜の一枝が迫り出して落ちた、ように見えた。

「え？」

小鹿は、我が目を疑った。

長保二年（一〇〇〇）一月。

まだ夜が明けきらぬ寅の刻（午前四時頃）であるため、薄暗くて見間違えたのかもしれない。屛風や几帳で仕切られた殿舎の一角には、厳かな空気が満ちている。体調をくずした一条天皇の状態を、齢八十を超えた老陰陽師・安倍晴明が占っていた。

ときに高く、ときに低く、呪文がひびいている。

小鹿は一条天皇の中宮・定子付きの針女（下方）なのだが、今朝は晴明の手伝い役のひとりとして、殿舎の隅に控えていた。何度も目をしばたたかせてみる。やはり、床に落ちた桜の一枝が見えた。

――風で飛んで来たのかしら。

浮かんだ考えは、即座に否定された。寒風を入れないように、殿舎は雨戸や障子（現在の襖）と明かり障子（現在の障子）をすべて閉めたうえ、御帳台のある寝所を囲むように、屛風や几帳が置かれている。外の風が吹き込むことはないはずだ。見るからに高価そうな金属製の火桶が二つ、用意されていたが、暖かさとは無縁の冷え込み方になっていた。

――気になる。

小鹿は膝行して、件の屛風に近づいて行った。下方の袿と袴姿ではなく、ほとんどの場合、動きやすい狩衣を着用するようになっている。半尻（狩衣の背面の短いもの）を着用し、背中には常に桑弧桃矢――桑で作られた弓と桃の木で作った矢を入れた矢筒をくりつけていた。女子ながらも有事には戦おうと思っている。

落ちていた桜の一枝を手にしたとたん、

「………」

六曲の屏風に目を奪われた。大内裏（だいり）、あるいは内裏のどこかだろうか。小川が流れる川に突き出した岩の上に、大きな桜が枝を広げている。桜の下に佇（たたず）んでいるのは、貴族の男君に思えたが、顔までは鮮明に描（か）かれていない。

おそらく朝だろう。

春の日射しが降り注ぐなか、風がかすかに花を揺らしていた。そんな風や川のせせらぎ、鳥の囀（さえず）りさえもが聴（き）こえたように感じられた。

言葉にできないほど美しい屏風だった。

小鹿は、実際の場に立って桜を見あげている。いや、むろんそう思うだけなのだが、頬（ほお）を撫（な）でる風は、まさに春の訪れを知らせているかのよう。殿舎の寒さとは違う暖かさに、身体（からだ）全体が押し包まれた。

内裏にあがったのは、去年の四月。

不意にさまざまな事柄が甦（よみがえ）る。定子に仕える清少納言（せいしょうなごん）が、小鹿のことを自分の妹かもしれないと思い、京の貧民街でその日暮らしをしていたのを探し出してくれたのだ。妹ではなかったものの、藤袴（ふじばかま）こと多治比文子（たじひのあやこ）という伝説の媼（おうな）が実の祖母であり、母は文子の娘で呪禁師（じゅごんし）の文緒（ふみお）であることが判明した。

――でも、藤袴様はもういない。

胸が締めつけられるように苦しくなる。我が身を犠牲にして、内裏を守った祖母。騒ぎの張本人と思しき母の文緒は、佐渡島へ流罪となっていた。祖母の財産を受け継いだ小鹿の後見役を、清少納言が引き受けてくれたのは望外の喜びといえる。

――さらに嬉しかったのは。

安倍晴明の息子・吉平が、小鹿の父親かもしれないという話だった。母の文緒は複数の男君と褥をともにしていたことから、断定まではできないのだが、吉平は娘だとはっきり認めている。結果、小鹿は稀代の陰陽師・安倍晴明の孫娘という驚きの状況になっていた。

白拍子の育ての親と、貧民街で暮らしていたことが信じられない。舞いや占い、呪いなどを生業にしていた呪禁師まがいの女子だったが、何人もの捨て子を狭い小屋に置いていたのは、働かせるためであって子どもの明日を考えたわけではない。冷ややかで金と自分のことしか頭にない人だった。

「夢のよう」

小さな呟きが出る。もしや、自分はこの美しい屏風の中にいて、この世を見ているだけなのではないか。夢から醒めたとたん、悪臭に満ちた貧民街にいるのではないだろうか。これは本当の……。

「小鹿？」

呼びかけられて、はっとした。安倍吉平が隣に屈み込んでいる。顔などはまったく似ておらず、気質も今ひとつ自信が持てない。それでも吉平が自分の娘だと言い切ってくれるからには、精一杯、頑張りたかった。

「ぼんやりして、どうした？　大丈夫か？」

表情と声に案じる心が表れていた。熱を確かめようとしてくれたのだろう。額にそっとふれたが、遠慮がちなのが伝わってきた。年が改まって小鹿は十六になっていたが、内裏にあがるまでの十五年間があまりにも酷かったことから、突然、今の幸せが終わってしまうのではないかという不安が常にある。

それをやわらげてくれるのが、晴明と吉平の労りだった。

「なんでもありません。この桜が」

小鹿が持つ桜の一枝に視線を向ける。

「蕾がもうふくらんでいるな。早咲きの桜か？」

「そうではないように思います。信じがたい話ですが、この屏風から迫り出して落ちたように視えました。なにか感じますか」

と、吉平に桜を渡した。身体を包んでいた暖かさが淡いものへと変化する。もしかしたら、霊的な温もりだったのかもしれない。

「む」

少し緊張した顔になる。ありえない話を否定することなく、受け入れてくれるのがありがたかった。

「受け取ったとたん、身体が暖かくなった。ちと気になる桜ではあるな」

先程の小鹿と同じように、あらためて屛風を見やる。頰を撫でる微風が、今も感じられた。吉平が隣にいるからなのか、一瞬、淡くなった暖かさにふたたび包まれる。幸福感がひたひたと満ちてきた。

「この屛風は、霊気を発しているようだ。いったい、だれが描いたのであろう。落款は」

吉平は四隅を確認したが、殿舎内は薄暗くてはっきりしない。小鹿も顔を近づけてみた。屛風の桜は、何輪かが花開いている。顔を寄せたとき、ふと花びらの感触を覚えた。

「あ」

額に花びらが付いていた。吉平が驚いたように目をみひらいて、ついた花びらを指先で取る。

「これはこれは……不思議なことがあるものよ。生きている屛風だな。どれ、わたしにも花の恵みがあるかどうか」

左手の指を屛風の桜に近づけたが、なにも起こらない。苦笑いした。

「桜の恩恵を受けられるのは、そなただけのようだ。父上とも話したのだが、小鹿は巫女としての霊力が強いように思える。人と人、人と物の怪、人と鬼などを繋ぐ存在なのかもしれぬ。自分のそういった特異な才を、頭の隅にとめおくとよいのではあるまいか。なにか起きたときに慌てなくてもすむであろう」

今度は、小鹿の背中にくくりつけた弓と矢筒を見やる。

「近頃、とみに子どもの夜泣きが増えているとか。夜星子の仕業ではないかと、父上は仰せになられたゆえ、万が一を考えて小鹿に桑弧桃矢を与えた次第。物の怪を始末するのに最適な武器よ。そなたのことも守ってくれるはずだ」

「夜星子とはなんですか。物の怪ですか」

「そうだ。夜星子の始末を生業にする専門の祈禱師もいる。去年の騒ぎに関わりがあるのか、化け猫の出現も増えていると聞いた。落ち着かないことよ」

「桜ですが、もうひとつ、気になって……」

「答えが得られたようだ」

吉平は言葉と仕草で遮って、屏風の向こうに戻った。小鹿は、ずらされた屏風を覗き込む。御簾が降ろされた奥には、一条天皇が御帳台に臥していた。十二単衣の正装姿の女房が、御簾の手前に四人、座している。

そのうちのひとりは、小鹿の後見役となった清少納言である。

清原氏の出身であり、宮中での呼び名は清原氏の少納言という意味だ。小鹿も本名ではない。氷室の氷や水を管掌したのは、主水司という役所だが、代々その長官を務めたのは清原氏とされている。清少納言の父親・清原元輔は三十六歌仙のひとりで、その血を引いた清少納言はすぐれた女房といえた。

中宮・定子の懇請を受けて仕えたとされている。

未明に一条天皇のもとを訪れたのは、中宮の代理人としての見舞いであり、すでに定子からの文を天皇付きの女房に渡していた。人目を引くほどの美人ではないが、内面から滲み出る知的な落ち着きが、顔立ちの端整さを際立たせている。供をしてきた小鹿は、居並ぶ女房たちに圧倒された。

まさに屏風に描かれた絵のようだ。またもや、夢ではないのかと己の頬をつねりたくなった。

「帝。急な病の原因につきまして、答えを得ました」

安倍晴明は重々しく告げた。弟子と思しき二人が後ろに控えている。女房たちとは対面する形で座していた。老陰陽師の隣に戻った吉平は、神妙な顔になっていた。

晴明の言葉を聞いた女房のひとりが、天皇に伝えるべく、御簾の中に入る。ほどなく、もとの位置に戻った。

「伺いたく思います」

「は」

いっそう畏まって、晴明は継いだ。

「占いでは、『御膳の誤りの上のこと』と相成りました次第。お身体のご不調の原因は、おそらく食中ではないかと存じます」

「食中？」

取次役の女房は、ぴくりと眉をあげた。夏であればいざ知らず、春先には珍しいことなのかもしれない。世話をする自分たちのせいにされるのではないか。厳しいお咎めを受けるのではないか。眉の小さな動きに強い反論が浮かびあがっているように思えた。

「得心できませぬ」

こらえきれないように反論を口にする。

「主上が召しあがられる物は、充分、気配りいたしております。春とは名ばかりの冷え込む時期には、あまりありえない病だと思います」

「帝におかれましては、昨年は特に色々ござりました。そういったご心労も、あるのかもしれませぬ」

やんわりと諭すように言った。

昨年の六月、内裏は焼亡し、天皇や女御たちは、この一条大宮院を今内裏としている。同じ年の十一月には左大臣・藤原道長の娘、彰子が入内していた。さらに十一月七日、定子が一親王・敦康親王を生んだのだが、凶事や吉事が立て続けに起きている。

一帝二后という、先例がない状態になってしまい、天皇は平らかな日々とは言いがたいだろう。晴明は、精神的な影響もあるのではないかと暗にほのめかしていた。

「ですが」

口を開きかけた女房を制して、続ける。

「食べ合わせが悪かったのかもしれませぬ。昆布を入れたお茶とともに、梅干を召しあがられるのがよろしかろうと存じます。村上天皇が同じような症状になられましたとき、これを飲み、無事、治癒なされたという先例がござりますゆえ」

先例と聞き、女房のあがっていた眉から険しさが消えた。内裏ではなにより先例がものを言う。大きく頷き返して、御簾に取って返した。

とそのとき、あげられた御簾から一匹の猫が出て来る。『命婦のおとど』なる大仰な名を与えられた猫で、一条天皇が可愛がっていた。首には碇綱と言われる赤い綱を巻き、自由に動けないようになっていた。灰毛斑の猫だが、毛艶もよく、満ちたりた表情をしている。

——主上が飼われている猫。噂では聞いていたけれど、初めて見たわ。

物事を斜めに見てしまう小鹿は、碇綱を着けた飼い猫は内裏勤めの女官たちのようだと思った。衣食住は与えられているものの、自由があるとは言えない。ようやく夜が明けてきた時間帯だが、こんな早朝に正装で居並ぶ姿は過酷な勤め先に見えた。

ちなみに、猫が初渡来したのは、醍醐天皇の時代とされている。高麗（朝鮮）から貢ぎ物としてもたらされた。また、唐（中国）からやってきた家猫は、そのまま唐猫と呼ばれたが、赤い碇綱を着けた猫が、高麗猫なのか唐猫なのかまではわからない。

命婦のおとどは、なにを思ったか、まっすぐ吉平に近づいた。持っていた桜の一枝に、身体をすり寄せる。

「お」

吉平は小さな声をあげた。女房たちも桜に気づいたに違いない。桜だわ、まだ咲いていないでしょう、梅ですよ、造花ではないのですか等々、清少納言を含む女房が次々に口にした。

二

とそのとき、御簾に入った女房が戻って来る。手には書き記した紙を持っていた。

「主上より、いくつかお訊(たず)ねの儀がありました。よろしいですか」

「承(うけたまわ)ります」

晴明は辞儀をして居住まいを正した。命婦のおとどは、床に置かれた桜の一枝の近くで、寝転がりながら身体をすり寄せている。おそらく喉(のど)を鳴らしているのではないだろうか。離れた場所からでも、機嫌のよい様子が見て取れた。

「ひとつめ。今の不調は『不食の病』によるものではないのか、と、仰せになられました。とても案じておられますのは、食欲が落ちておられるからだと思います。かれこれ十日ほどになりましょうか。年末から年始にかけまして、あまり食べていらっしゃいません」

不食の病とは、胃ガンや食道ガンのことと思われた。読んで字のごとく、食べられなくなることから、こう呼ばれた。

「その兆しは、ござりませぬ」

きっぱりと言い、続けた。

「繰り返しになりますが、色々ござりました。帝におかれましては、おそらくお気持ちは今も晴れぬことと存じます。昨年の七月十一日、この館に移ってすぐに起きた異変が、特に気になっておられるのではないかと」

「さすがは、晴明様」

我が意を得たりとばかりに女房が継いだ。じりっと膝で前に出る。

「まさにそのことなのです。なにゆえ、白い蓮の一茎に、二つの花が咲いたのか。口さがない御所雀たちは、一帝二后は不吉な兆しと噂しております。いかようにお考えあそばされますか」

中宮・定子と女御の彰子。二人を白い蓮に重ね合わせて、つまらない噂が広がっていた。

「良き兆しと思うております。先例にはありませぬが、仏の座を彩る目出度い蓮の花が、祝うてくれているのでござりましょう。天からの贈り物であろうと存じます」

「なれど、一帝二后は先例にはない事柄。主上におかれましては、これが二度目の初事でございます。それを気にかけておられますようで」

躊躇いがちの言葉には、一条天皇の生母・藤原詮子の初事が秘められていた。詮子は夫の円融天皇が没後、出家し、正暦二年（九九一）、皇太后から女院という新しい地位を獲得する。それはこのとき初めて作られた後宮女性の最高位だ。国母として、政界を統べる地位にあるのが女院である。

――主上は本当に繊細で、おやさしい方。

小鹿はやりとりを見守っていた。おそらく一条天皇は、定子が自ら鋏を取って髪を切ったことにも責任を感じているのではないだろうか。定子の両親亡き後、同母兄・藤原伊周を関白の座に据えられなかった己の力不足を、折にふれて感じているのかもしれない。

さらに一帝二后によって、愛してやまない定子の立場が悪くなることを案じているようにも思えた。

「どのような先例も、初事なしには成り立ちませせぬ」

晴明は告げた。

「帝は選ばれたのです。白い蓮の一茎に二つの花が咲いたのは、非常に珍しい出来事であると同時に、仏の御心（みこころ）に添う現象であると存じます。神仏が帝を祝うておられるのです」

込められた想いを同席していただれもが感じた。一条天皇の気持ちを汲（く）み取って、告げられた言葉であるのは間違いない。

一条天皇になにか呼びかけられたのか、控えていた女房のひとりが御簾の中に行った。命婦のおとどは吉平の傍（かたわ）らですっかり寛（くつろ）いでいる。

女房が戻って来た。

「主上が、桜の一枝を気にかけておられます」

吉平が持つ桜を見ながら言った。

「造花ですか」

「いえ、おそらく本物の桜ではないかと思います。屏風の前に落ちたとか。あの屏風でございます」

吉平は、六曲の屏風を指し示した。座した者たちから見える屏風は裏側であることから、なにも描かれていない。普通は主賓に絵が描かれた方を向けるように思うが、なぜか外にいた小鹿側に向けられていた。

――そういえば、おかしな話ね。

遅ればせながら思った。あるいは、桜の絵を見たくないと一条天皇が告げたのか。桜で浮かぶのは、先程、吉平に言いかけた話だ。紫宸殿の前庭に植えられた『左近の桜』。建物内から見て左に『左近の桜』、右に『右近の橘』が植えられている。あまりにも見事に咲くことから、魔的な魅力を持つ桜と評されていた。

つい自分の考えにとらわれそうになったが、眼前の会話に気持ちを戻した。今まさに不可思議な桜の一枝が話題にのぼっている。

「主上が欲しいという仰せです。枕元にお飾りすれば、早くお元気になられるかもしれません。まだ、ほとんど蕾のようですので、楽しめるのではないかと思います」

「いや、それは」

吉平は躊躇った。巻き込みたくなかったのだろう、小鹿の方は見ないようにしていた。しかし、本当に屏風から現れた桜だとしたら、一条天皇の体調はよけい悪くなるかもしれない。ありのままを言うべきか、吉平にまかせて素知らぬ顔をするべきか。

「ふぅむ」

晴明が、桜の一枝を見つめた。

「昔、さよう、百年ほど前の話になりますが、『馬形障子』という怪奇譚があった由。巨勢金岡なる絵師が、障子に描いた馬が夜な夜な障子から脱け出して、どこかの曹司の庭に咲いた萩の花を食い荒らしたとか。帝の勅命で障子の絵に馬を繋ぐ綱を描き足したところ、脱け出せなくなったという話がございます」

「さすがでございますな、父上。伊達に長生きしているわけではないようで」

茶化した吉平を、晴明は軽く睨みつける。薄気味悪さを軽減させようとしたに違いない。吉平なりの気遣いだった。

「いささか説明が要る話だと思います」

少納言が代表するように口を開いた。

「念のためにお伺いいたします。お話の流れから信じられない考えが浮かびました。あくまでも、わたくしの考えでございますが、吉平様がお持ちの桜は、示された屏風から現れたのでございますか」

鋭い問いを投げる。吉平の躊躇う素振りや口調から推測したのは、さすがだった。だからこそ、中宮に仕え続けられるのだろう。

「そのようです」

吉平が向けた目に、小鹿は答えた。

「わたくしが、手に入れた一枝でございます。信じていただけないかもしれませんが、屏風から迫り出して床に落ちました。それを吉平様にお渡ししたのです」

「こちらへ」

少納言が晴明の隣を仕草で示した。小鹿は膝行して、言われた場所に進む。背後を仕切っていた屏風が、いやでも目に入った。

――紫宸殿だわ。

あることに気づいたが、ここで口にするのは憚られた。示されたのは晴明の隣だったが、さすがに気がひけて、斜め後ろに腰を落ち着ける。老陰陽師がずっと呪文を唱えていたからかもしれない。緊張する場面だが、身体の力が抜けて鼓動は速くならなかった。

「晴明様に伺います。小鹿の話が真実であるとしたら、『馬形障子』と似たようなことが起きたのではないかと思います。吉平様がお持ちの桜は、絵師の霊力で起きた怪奇譚でしょうか」

少納言が訊いた。

「ありうる話ではないかと存じます。いずれにいたしましても、この桜はわたしがお預かりいたしたく思います。帝の枕元にお飾りした折には、障りが出るかもしれませぬゆえ」

「悪い霊気であればご祈禱していただき、そのうえでお持ちいただけないでしょうか。主上は文附け枝に用いたいとお考えなされているようです。桜が咲くのは今少し先のこと。少しでも早く中宮様に、春をお届けしたいと思うておられる由」

取次役の女房が言った。文附け枝は文字通り、文を結びつけて渡す花木のことだ。病に臥(ふ)しているときでも想うのは、中宮・定子なのだろうか。

――昨日の姫君は、今日の侍女。

小鹿は皮肉めいた語を思い出さずにいられない。一条天皇の切望は定子を想うがゆえのことだろうが、中宮は両親を失ったうえ、同母兄弟の藤原伊周と隆家(たかいえ)は大きな失態を犯してしまい、後ろ盾がないも同然なのである。

朕(ちん)が、と、一条天皇が常に気遣うのは、自分しかいないと思うがゆえかもしれない。穏やかな春の風のごとき定子は、達観(たっかん)しているのだろうか。いつでも凜(りん)として、花のような笑みを浮かべていた。

「ご祈禱の件、承りました」

晴明は深々と辞儀をする。

「屏風から桜の一枝が現れるなど、わたしは初めての出来事。霊気は感じまするが、それほど悪い氣(き)であるとは思えません。それでも今の帝には、ご負担になる可能性がなきにしもあらず。大事を取るのが、よろしかろうと存じます」

「ひとつ、女房の方々に伺いたき儀がございます」

吉平が遠慮がちに申し出た。

「どのようなお話でございましょうか」

少納言が受ける。

「桜の一枝が現れた屏風を描いた絵師はわかりますか」

「絵師ですか」

少納言は、他の女房に目顔で答えを求めた。小鹿も知りたい事柄だったが、少納言の目顔を受けた三人は、力なく頭を振る。

「すぐに調べてお知らせいたします」

「わたくしからもお願いがございます」

小鹿は思いきって声をあげた。

「なんですか」

「わたくしの後ろに置かれた屏風は、どなたの作でしょうか。桜の屏風——勝手につけた呼び名ですが、桜の一枝が現れた屏風とは、違う絵師であるのならば、その方の姓名も教えていただきたく思います」

一条天皇の私的な場である殿舎は、小鹿から見て左側が壁になっているため、屏風や几帳は置かれていない。屏風があるのは、右側と後ろなのだった。

「わかりました。確か桜の屏風は、上村主家（かみのすぐり）の絵師の作だったと思いますが、知りたいのは描いた家ではないでしょう。だれが描いたのかが重要なのだと思います。おって知らせますので」

「は」

辞儀をした晴明に倣（なら）い、吉平とともに小鹿も一礼する。三人の女房たちはいっせいに動いた。ひとりはおそらく晴明が告げた昆布入りの茶と梅干を用意しに行き、他のひとりは床に寝そべっていた命婦のおとどを抱きあげ、もうひとりは一条天皇が臥せっている御簾に入って行った。

小鹿は、背後に置かれた屏風を食い入るように見つめた。

三

「落款を確かめているのですか」

少納言と晴明が隣に来る。吉平は、爽やかな朝の空気を入れようとしたのか、明かり障子と障子を開けていったん庇に出た。夜明けが近いのだろう。薄暗かった殿舎が、わずかに明るくなった。

「吉平。帝のお身体に障るゆえ、戸を閉めよ。風が冷たいではないか」

晴明の注意を受けて、吉平が言われた通り、戸を閉めた。ふたたび殿舎は薄暗さに覆われる。しかし、小鹿はほんの少しでも外の空気を感じられたのが嬉しかった。未明からずっとここに詰めていたため、息が詰まりそうだったのである。吉平はそれを感じ取ってくれたのかもしれない。

――ありがとうございました。

無言の会釈に、吉平は笑みを返して座る。

「小鹿」

少納言に促されて、答えた。

「落款を見ているのではありません。この屏風に描かれた紫宸殿、いえ、前庭の桜と橘が気になっているのです」

小鹿は顔を近づけて確かめた。先程、覚えた違和感が、過ちではないのを知りたかった。内裏の紫宸殿と前庭を、天から俯瞰して見たような屏風には、『左近の桜』と『右近の橘』も描かれている。

　やはり、と、小鹿は呟いた。

「逆なのです、『左近の桜』と『右近の橘』が逆に描かれています。普通は桜が左、橘が右だと思うのですが」

　身体をずらして場所を空ける。はじめに少納言、次に晴明、最後に吉平が屏風に顔を近づけて確かめた。

「本当だわ」

　少納言は驚いたように目をあげる。

「殿舎の中から見た『左近の桜』が右、そして、『右近の橘』が左に描かれています。これでは『左近の橘』、『右近の桜』ですね。絵師は描くときに間違えたのでしょうか」

　自問まじりの問いには、戸惑いが浮かびあがっている。不吉な兆しと思ったのだろうか。言い出しにくかったが、口にしなければ後悔する。

「絵師が間違えたのかどうかはわかりません。じつは」

　小鹿は懐に入れていた一枚の紙を出して、広げた。そこにはまさに紫宸殿の前庭が描かれている。左に橘、右に桜。殿舎の中から見た図だが、屏風の絵同様、位置が逆になっていた。

「これは」

受け取った少納言の顔に、新たな当惑が加わる。覗き見た晴明親子からは、「ほう」という小さな声があがった。三人の言動には、小鹿が思いもよらなかった考えも含まれていたようだ。

「そなたが描いたのですか」

「はい。目覚める前に夢を見たのです。忘れてしまうので、なるべく描き記すようにしているのですが、春風を感じるほどに鮮明な夢でした。ただ、目覚めた後で首を傾(かし)げてしまったのです」

と、首を傾げてみせる。

夢は、神仏が明日を知らせる回路であり、意味のある予言と考えられていた。先程、屏風を見た瞬間、言い伝え通り、なにかを知らせようとしているのかもしれないと思った。

「桜と橘の位置が逆の夢でしたか」

少納言は言い、意味ありげな笑みを向ける。

「そなた、書はまだまだですが、絵はとても上手(うま)いではないですか。墨だけで記されているのに、色まで感じられます。意外な才があるものですね」

話しながら晴明に、描いた絵を渡した。親子は同意するように頷いている。晴明が紙をひっくり返して、稽古した書を見たときには、顔から火が出そうなほど恥ずかしくなった。

「中宮様にも褒めていただきました。親王様のお姿を描いたとき、絵師の道に進むのが良いのではないかと言われたのです。まだ、決められませんが」

下方として、歌司や炊所、縫殿寮等々、さまざまなところへ手伝いに行っていた。むろん少納言の手配りによるものだが、ぴんとこないまま今に至っている。絵が上手いと言われたのは初めてだが、満足に食べられなかった暮らしでは、絵のような贅沢な技を学ぶ機会はなかった。

いったい、自分はなにをやりたいのか。どんな職に就きたいのか。まだ、明日を思い描けなかった。

「晴明様、少納言の君」

御簾から出て来た女房が呼びかけた。二人は同時に動いて、御簾が降ろされた場に戻る。小鹿は吉平に言った。

「紫宸殿の前庭に行ってみたいのです。まさか、植え替えられているとは思えませんが、桜と橘の今が見たくて」

「わかった」

少し待てと仕草で示して、吉平は晴明のもとへ行く。仮の今内裏とはいえ、広さは充分すぎるほどだった。黙って行けば、探すのに手間取る。

「では、行くか。父上は、一緒に動きたいようだったが」

戻って来た吉平とともに、小鹿は明かり障子と障子を開けて庇に出た。ここは内裏で言うところの清涼殿(せいりょうでん)であり、天皇の私的空間とされている。小鹿は出入り口の傍(かたわ)らに控えている二人の男に気づいた。

いつから座していたのだろう。二十代後半ぐらいの男の斜め後ろに、十七、八の若い男が控えている。持ち運びできる取って付きの木箱が傍らに置かれていた。小さく会釈されたので、辞儀を返して通り過ぎる。

「どなたですか」

小鹿は肩越しに見やりながら訊いた。

「まだ、ご挨拶(あいさつ)したことはなかったか。内薬司(うちのくすりのつかさ)の薬師(くすし)、丹波忠明(たんばのただあき)様よ。若い方は弟子ではあるまいか。少納言様が手配りなされたのかもしれぬ。父上の見立てを疑っているわけではあるまいが、念のためにお呼びになられたのであろう」

内薬司は、中務省(なかつかさしょう)の管轄で、天皇家や摂関家、貴族たちの医務を行っている。内薬司には、正（かみ）、佑（じょう）、令史（さかん）、侍医、薬生、使部、直丁らの他、産婦人科医や産婆に該当する女医博士、女医などが配されていた。

「あの方が」

もう一度、振り返っていた。話には聞いていたが、会うのは初めてだった。天皇や貴族の具合が悪くなったとき、重んじられるのは陰陽師の祈禱や名僧の加持であり、薬師の治療は『さかしら』と蔑（さげす）まれている。冷え込む未明から控えていたのだろうか。

もう一度、振り向いたとき、殿舎に入って行く忠明たちが見えた。

「丹波家の薬湯は、効果が高いとされている。帝は快癒（かいゆ）なさるに相違ない」

吉平も振り返って、歩を進める。紫宸殿は渡殿（わたどの）を行けばすぐの区域だが、夜が明けたばかりなのに貴族たちは各々の仕事場に出仕していた。早朝から夜遅くまで居残る者も珍しくない。小鹿は御所勤めをしてから、貴族や女房たちの大変さに気づいた。特に少納言の君は、眠っているところを見たことがないほどだ。激務である。

「先程、吉平様のお話にも出ましたが、近頃は、親王様の夜泣きがすごいのです」

歩きながら問わず語りに告げた。

「乳母（めのと）はもちろんですが、女房の方々もお疲れがたまっているご様子。疳（かん）の虫が強すぎるのでしょうか。夜星子なる物の怪の仕業云々（うんぬん）はともかくも、夜泣きに効くご祈禱はないのですか」

　敦康親王の曹司は、定子の殿舎からは離れているものの、少納言を含む女房たちは交代で世話にあたっている。そうしなければ務まらないほど夜泣きに悩まされていた。

「小鹿は物の怪や霊の類(たぐい)を、あまり信じぬ気質であったな」

　一拍、遅れて答えた。

「はい」

「夜星子なる物の怪は、わたしも視たことがない。小鹿に渡した桑弧桃矢は、いかような物の怪であろうとも斃(たお)す霊力を持っている。そなたは小弓を射るのが上手いからな。父上と相談して、作らせた次第よ」

　途中で小鹿の背中に目を走らせる。晴明親子の気持ちが込められた弓矢は、背負っているだけで力を与えてくれた。藤原重家(しげいえ)と源成信(みなもとのなりのぶ)の指南を受けて、めきめき上達している。射る者の霊力が、大きく作用する弓矢であることも聞いていた。

「お気遣い、感謝いたします。こんなによくしていただいて……」

「小鹿」

　不意に吉平は立ち止まる。小鹿も足を止めたが、紫宸殿の前庭はすぐそこだ。

「はい？」

「その、なんというのか、他人行儀というか。今少し打ち解けてくれぬものかと、あ、いや、すまぬ。よけいなことを言ってしもうた」

慌て気味に告げて、ふたたび歩き出した。吉平のやさしさや思いやりを感じる瞬間だが、同時に申し訳なさも浮かびあがる。自分は本当に吉平の娘なのかどうか。真実を知るのは神仏のみであろう。母が吉平の正妻で他の男君と付き合いがなければ、安倍晴明の孫で吉平の子どもだと胸を張れるのだが……。

「われらの記憶に誤りはないようだ」

吉平の言葉で前庭に目を向けた。そこには左側に『左近の桜』、右側に『右近の橘』が植えられている。桜はまだ花開く気配はなく、小さな蕾らしきものがどうにか確認できる程度でしかない。

「あっ」

小鹿は思わず声をあげた。死んだはずの藤袴——多治比文子が、桜の下に佇んでいた。むろん霊であるのは間違いない。茫洋（ぼうよう）とした目を桜に向けている。小鹿と目を合わせたりはしなかった。

「藤袴様ではないか」

吉平も気づいた。

「はい。時々姿をお視かけいたします。心残りがおありになるのかもしれません。いつも不安そうなお顔をしておられます」

「度々（たびたび）視ているのか。そなたや島流しになった文緒殿を案じておられるのだろう。しかし、桜の近くに現れたのは、なにか意味があるのかもしれぬ」

逆、入れ替わる、反対。浮かんだ語に反応するかのごとく、藤袴の幻（まぼろし）は桜から橘の下に移り、また、桜の下に戻ったりした。

——おばあさま。

最後にたった一度だけ呼びかけられたが、思い出すたび、せつなくなる。もっと早く真実が知りたかったというのが、正直な気持ちだった。

「なにゆえ、桜と橘を行き来しているのであろうな」

呪文を唱えていた吉平が呟いた。

「入れ替わることを、より強く示しておられるのかもしれません。夢に桜が現れたのは、藤袴様の〈聲（こえ）〉を感じたからかもしれませんね。それにしても、気になるのは屏風に描かれた紫宸殿の前庭。絵師の方に、是非（ぜひ）、お話を伺いたいものです」

「吉平様」

藤原重家が、廊下を曲がってこちらに来る。『光の少将』という異名を持つ二十三、四歳の若き貴公子が現れたとたん、周囲が光り輝いて視えた。曇り空で陽は射していないのに、明るくなったように感じられる。

目立ちすぎるからなのか、当初は先程、会った丹波忠明の姓名を名乗っていたが、すぐに本名を明かしてくれた。

「小鹿も一緒か」

親しげな呼びかけに、ほころびかけた顔を引き締める。

「はい」

甘えてはいけないと自分を戒めた。ちらりと目を走らせたが、重家と入れ替わるようにして、藤袴の霊は消えていた。

「ちょうど良いところでお目にかかれました」

重家はだれかを待つように背後を見やる。ほどなく、源成信が姿を見せた。『輝く中将』の異名通り、重家に勝るとも劣らない美丈夫ぶりを発揮している。二人は盟友であるとともに、中宮・定子の護衛役を兼ねた取次役も務めていた。内々に一条天皇より命を受けたのだろう。後ろ盾のない定子にとっては、頼もしい味方であった。

「じつは若い役人のことで晴明様にご相談したいと思っておりました。ある受領（国司）に仕えていた書生なのですが、三、四日前から様子がおかしいのです。やけに生臭いと言いますか。家族の訴えでは、まったく食事を摂らず、床下で寝起きしているとか。おかしなモノに取り憑かれたのではないかと案じております」

昨年の四月から五月にかけて起きた大変な騒ぎ――『文緒騒動』という不名誉な呼び名をつけられた騒ぎの後、六月に御所の焼亡が起きたのを皮切りに、物の怪騒ぎや窃盗、附け火がおそろしいほど増えていた。文緒は焉王を誕生させて、一条天皇とすり替えようしたのだが……あの騒ぎは本当に終わったのだろうか？

――今も不安がある。

小鹿の気持ちを読み取ったのか、右肩に十二神将の虎の顔を持つ式神が現れた。おそらく晴明が、離れた場所から操っているに違いない。

「その男は、今も役所にいるのですか」

吉平の問いに、重家は頷き返した。

「勤めているのは内薬司でございまして、そこに今もおります」

「では、行ってみましょうか」

気乗りしない様子だったが、宮廷陰陽師としては断れない。もっとも吉平はいつもこんな感じだが、小鹿は飄々とした雰囲気が好きだった。

「小鹿は」

「一緒に参ります」

覆い被せるように言った。危険な予兆をとらえて、定子の曹司に戻そうとしたのだろう。仕方なさそうに吉平は、二人の貴公子の案内を受けて廊下を歩き出した。

四

「う」

と、小鹿は声を詰まらせた。問題の殿舎へ近づくにつれて、魚の腐ったような臭いが流れて来た。心配になったのかもしれない。吉平は足を止めて振り返る。

「大丈夫か」

「はい。ですが、凄い臭いですね。鼻の穴を閉じるように意識して、できるだけ感じないようにしています。同じ殿舎で働く方々は、異変に気づかないのでしょうか」

「元書生とやらに取り憑いた物の怪に、術をかけられているのかもしれぬ。この臭いからして、物の怪の類が関わっているのは、まず間違いあるまいな」

小鹿の右肩に現れた虎顔式神に目を留めた。

「父上の放った虎の式神が、物の怪の正体を教えているようだ。離れた場所にいても、まったく意に介さないのは、さすがと言うべきか」

「正体、ですか」

意味がわからなくて問いかけの眼差(まなざ)しを投げる。虎の性を持つ十二神将の式神(ひとり)は、どんな正体を教えているのか。

――虎の物の怪とか？

小鹿はそもそも虎という生き物を見たことがない。屏風や障子に描かれているのかもしれないが、それさえ見たことはなかった。こうやって間近で式神を視て、なるほど、こういう顔なのかと思ったほどなのである。

「吉平様」

先を歩いていた重家と成信が戻って来る。虎顔式神は視えていないだろうが、悪臭はとらえているようだ。

「吉平様と小鹿が、近づいたからでしょうか。先程までは、このような臭いはしませんでした」

懐紙で鼻を押さえていた。

「凄(すさ)まじい悪臭だな」

成信はくだけた口調で言い、鼻に皺(しわ)を寄せている。重家は常に己をくずさないが、親しくなってくるにつれて、成信は仲間うちの口調になることが多かった。

「われらの、いや、小鹿の霊力かもしれません。刺激を受けて取り憑いた物の怪が、正体を現しそうになっていることも考えられます」

吉平の推測を、重家が継いだ。

「それでは、まず様子を見ましょう」

コの字型になった建物を指して、中庭を挟んだ反対側の庇に歩を進める。内薬司は薬師の丹波忠明が仕える部署であり、向かい側がよく見えた。こちらの殿舎には幸いにも役人は詰めていない。小鹿の肩にいた虎顔式神がいち早く飛び立ち、向かい側の殿舎に入る。

――あれだけはっきり視えるのに、重家様たちにはわからないなんて。

式神の不思議をあらためて思いつつ、動きを見守っていた。虎顔式神は、庇側に並べられた文机（ふづくえ）の前に座る男の頭に舞い降りる。ちょこんと烏帽子（えぼし）の先にとまった姿がおもしろかった。書き物をしていた件の男は、とたんに動きを止める。

憑（つ）いたモノの正体を確かめようとしているのではないだろうか。吉平は九字を切って呪文を唱え始めていた。問題の若い男は、背中を真っ直（まっす）ぐ伸ばして上を見ている。烏帽子に舞い降りた虎顔式神の霊力を感じているように思えた。普通の人間には感知できないものであるため、若い男は普通ではないということになる。

「及ばずながら、わたしも合力いたします」

小鹿は告げ、九字を切って呪文を唱える。晴明親子の指南を受けて、たどたどしいながらも幾つかの呪文は唱えられるようになっていた。若い男は両手を烏帽子にあてている。紐を解き出したのは、外そうとしているのかもしれなかった。

「小鹿の霊力が加わったことにより、式神の存在がより強くなったようだ。苦しみだすかもしれぬ。重家様と成信様におかれましては、すぐ対応できるように、ご準備していただきたく思います」

「わかりました」

重家は目顔で成信を促した。問題の殿舎に行こうとしたとき、

「しばし、お待ちを」

背後で晴明の声がひびいた。いつの間に来たのだろう、晴明が四人の後ろに立っていた。こちらの殿舎は無人だったのだが、片隅に置かれた屏風の陰にでもいたのだろうか。

「父上」

すぐに吉平は、呪文をやめる。

「気づかぬふりをして、泳がせた方がよい。さすれば、より鮮明に物の怪の正体があきらかになろう」

と、晴明は途中で視線を吉平から重家と成信に移した。

「また、彼の者の周辺を、詳しく調べておくべきではないかと存じます。姓名すらわからぬようでは、いざとなったとき困りますゆえ」

口調も丁寧になっていた。

「わかりました」

吉平は答えて、二人の貴公子に問いかけの眼差しを投げる。

「よろしいですか」

「異存はありません。異常な騒ぎが続いているため、気持ちが先走ってしまいました。どうも落ち着かないのです」

重家の言葉を、成信が継いだ。

「わたしも同じです。なんというのか、そう、いつもだれかに視られているような、いやな感じがありまして」

みな小鹿と似たような不安があるのかもしれない。焉王は本当に消滅させられたのか。あるいは、うまく逃げおおせて、だれかに取り憑いているのではないだろうか。

彼の者の邪気が充満しているため、騒ぎがしずまらないのではないか。

「致し方なきことと思います。とりあえずは、しばらく様子を見るのが得策であろうと存じます。派手な動きをすれば、鬼どもは呼応してよけい動くかもしれませぬ。刺激せぬのが、よろしかろうと」

晴明が右手をあげたとたん、若い男の烏帽子にいた虎顔式神が消え失せた。先に戻ると言い置いて、晴明はその場を離れて行った。吉平は貴公子たちを見やる。

「わたしたちも、いったん清涼殿に戻ります。すでに奇妙な騒ぎが出来しておりますので、まずはそれを確かめなければならないと思います」

「奇妙な騒ぎとは？」

重家の疑問に、簡潔な説明を返した。桜が描かれた六曲の屛風から現れた桜の一枝。驚いたことに他の屛風には、紫宸殿の前庭に植えられた桜と橘が逆に描かれていた。

「小鹿が夢に見たようでして」

「つまり、『左近の桜』が右、『右近の橘』が左に植えられた夢か？」

成信が投げた問いに、小鹿はうなずき返した。

「はい。目覚める前に見た夢でした。描いた拙い絵は、晴明様が持っておられます。屛風に同じ風景が描かれていたのを見たときには、まさかと思いましたが」

「帝に現れた障りは、今内裏に漂う邪気が原因かもしれぬな」

重家の呟きに、成信は同意する。

「ありうることよ。宿直（とのい）をした翌日は、必ずと言っていいほど具合が悪くなる。疲れ方が激しくて、起きあがるのが辛（つら）いぐらいなのだ。気力と体力には自信があるのだが、空気の重苦しさで頭風（頭痛）が起きる」

「邪気祓（はら）いの守り札を、あらためてお渡しいたします。以前、お渡しいたしました守り札は、お返しください。お焚（た）き上げをいたしますので」

吉平の申し出に、うなずき返した。

「わかりました。桜の屏風を描いた絵師は、わたしたちが調べます。そういえば、小鹿」

重家が目を向ける。

「はい」

「中宮様のご機嫌はいかがか。親王様の夜泣きがひどいと乳母が嘆いている由。女房たちは交代で世話をしているとも聞いた。子どもは感覚が鋭いゆえ、今内裏の邪気を感じ取っているのかもしれぬが」

「仰せの通りでございます。ですが、中宮様におかれましては、恙（つつが）なくお過ごしなされております。ここしばらく、お二方がおいでにならないのが、寂しいと仰せになられておりました。お顔をお見せください」

「そうか」

　破顔した重家の隣で、成信も顔を輝かせた。一条天皇、いや、左大臣の藤原道長に遠慮して訪う回数を減らしていたのかもしれない。事実、二人の上司・藤原行成と藤原斉信は、ほとんど顔を見せないようになっていた。親王が誕生したばかりだというのに、喜びに沸く殿舎とは言いがたかった。

「そら、言うたとおりではないか。重家は考えすぎるのよ。おれは親王様のお顔も拝見したい。文をお送りしたうえで訪うのがよかろうさ」

　成信の提案に、重家は苦笑を滲ませる。

「おまえの図太さが、わたしは羨ましい」

「肚が据わっているだけだ。いざとなれば、という覚悟がある」

「それは、わたしとて同じだ。口先だけではない」

　むきになったことに気づいたのだろう、

「小鹿に笑われてしまったな」

　重家は、明るい笑顔を見せた。二人の貴公子は定子に対して、熱い気持ちを持っているのではないかと、小鹿は内心、思っている。恋敵が天皇となれば、永遠にかなわぬ恋だが、かなわないからこそ、なのかもしれない。

貴く思えた。

「それでは」

吉平の辞儀で、二人と別れた。清涼殿へ戻りながら、小鹿は独り言のように呟いた。

「親王様がご誕生した後、左大臣様はやけにおとなしくなられたように感じます。右大臣の藤原顕光様を遣わすことがなくなりました。少し気持ち悪く思うのですが」

「小鹿はおもしろい女子よの」

吉平は笑って、続ける。

「平らかな状態は歓迎すべきものだが、よけい不安が増すようだ。色々と考えてしまうのであろうが、少し気持ちを楽にかまえた方がよい」

言った後、

「おまえはゆるみすぎだと、父上には言われてしまうかもしれぬがな」

朗らかに笑った。この明るさに、どれほど救われることか。小鹿も自然に笑みを浮かべていた。

「心がけるようにいたします。やはり、親王様のご誕生が、中宮様に穏やかな日々をもたらしているのでしょうか。平らかな日々が続くでしょうか」

「左大臣様の娘・彰子様は、昨年の十一月に入内なされた。しかし、お年はまだ数えで十三歳。お子を授かるには、いささか時が必要であろう。その間も左大臣様が長(おさ)として統(す)べていくためには、跡継ぎの皇子が必要だ。一親王を大切にせざるをえまい」

つまり、敦康親王は、彰子に皇子が生まれるまでの繋ぎなのか。

意地悪い考えは無理やり抑え込む。

「夜泣きが、おさまればよいのですけれど」

「父上が鎮(しず)めの呪法を執り行うであろう。重家様たちも案じられていたが、子どもは大人よりも鋭いからな。今内裏に漂う邪気が、日に日に濃くなっているのを感じているに相違ない」

「小鹿」

前方で晴明が待っていた。

「そなたに文を渡したいという者が、朱雀門(すざくもん)に来ているらしい。直接、会(お)うて渡したいとのことだ」

「直接、会って、ですか」

小鹿は、胸がざわめいた。いやな感じを覚えた。吉平も同じ不安をいだいたのかもしれない。

「わたしも一緒に行こう」

「それがよかろうな。ところで、吉平。なにゆえ、わたしが様子を視るために飛ばした式神を消したのだ？　わたしは同道できぬゆえ、様子を知りたいと思うてな。飛ばしてみた次第よ」

　晴明は突然、おかしなことを言い出した。小鹿と吉平は、どちらからともなく顔を見合わせる。式神を消したのは他のだれでもない、晴明ではないか。いったい、どうしたのだろう。

　老耄（ろうもう）が始まったのかと思ったに違いない、

「申し訳ありませんでした」

　吉平は頭をさげる。

「『左近の桜』と『右近の橘』を確かめにまいりましたとき、重家様と成信様にお目にかかりました。不審な者がいると仰せになりましたので、小鹿とともに参りました次第です。父上の放たれた式神に、その者が気づきかけたように思えました。それで、いったん消したのです」

「なるほど。では、重家様たちは、今もその者を見張っているわけか」

「はい。父上の放たれた虎顔式神が、不審者に憑いたモノの正体を教えているような気がいたします」

「うむ」

「それでは、失礼いたします」

会釈して、吉平はその場を離れる。庭に降りたので、小鹿も沓を履き、隣に並んだ。

五

「驚いたな」

吉平は小声で言った。

「まさか、父上が老耄るとは思わなんだわ。かくしゃくとしておいでゆえ、そのような日がくるとは考えてもいなかった」

衝撃を受けたのが、伝わってくる。小鹿も気持ちが沈んだ。

「勘違いしていらっしゃるだけかもしれません。なんと申しましても、年が明けて齢八十になられました。記憶がないまぜになるのも、無理からぬことではないかと存じます」

「それはそうだが」

いっそう表情が暗くなったのを感じて話を変えた。

「吉平様。なんだか胸騒ぎが、強くなってまいりました。直接、会うのは避けたいのですが、文を届けに来たのがだれなのか、知りたい気持ちもあります。なにか策はないでしょうか」

「たやすいことよ」

吉平が合図すると、ふたたび虎顔式神が現れた。が、晴明の式神とは微妙に顔が違っている。やさしい印象を受けた。

「手を繋いでもよいか」

遠慮がちの申し出に、小鹿は大きくうなずいた。

「はい」

手を繋いだ瞬間、虎顔式神の視ている景色が脳裏に浮かんだ。頭上から見渡せる分、視野が広がった感じになる。吉平の合図に従い、虎顔式神は朱雀門めざして飛んだ。まさに瞬き(まばた)する間の出来事であり、門番や出入りする人々が視えた。

「あ」

小鹿は思わず声をあげる。所在なさげに佇む若者は、かつて暮らした貧民街の知り合いで、真新しい狩衣姿なのが目を引いた。落ち着かない様子で、きょときょとと首をめぐらせている。

鶏のようだった。

「知り合いか」

吉平の問いに答えた。

「はい。育ての親だった白拍子のもとにいた者です。名は伸也。物乞いや盗みで生業をたてていました。やけに小綺麗な格好をしているのが気になります。良い雇い主でも見つけたのか」

胸のざわめきは鎮まるどころか、さらに強くなっている。以心伝心、そんな様子を感じ取ったに違いない。

「小鹿はここで待つがよい。わたしが会うてみよう」

吉平は言い、虎顔式神を残して、朱雀門に向かった。繋いでいた手を離したせいか、視えていた景色が消える。とたんに胃ノ腑が、きゅっと縮まる感じがした。痛い。

——なぜ、伸也が来たのか。

不吉な考えが、ぐるぐると渦巻いている。以前、京の商人の家に行ったとき、ちらりと見かけたことがあった。しかし、かわいそうだが無視して、気づかぬふりをした。

ここに小鹿がいることを知っていたのだろうか。知っていたのであれば、だれが教えたのか。浮かんだのは、思い出したくもない相手の顔と名だ。

多治比文緒。

――まさか、そんなこと、あるわけがない。

島流しになった女子が、はるばる仲也に文を託したのだろうか。人づてにそれを頼み、なにを知らせようとしているのか。動揺を察したのか、宙にいた虎顔式神が、そっと右肩に降りた。

「何度、言えばわかるのだ」

いきなり吉平の〈聲〉がひびいた。次いで景色が浮かぶ。朱雀門を出たところで、吉平は仲也と対面していた。

「小鹿と申す女子は、ここにはおらぬ。仕えていた女房の療治に付き添い、その女君の実家に行ったのだ。わたしは縁あって親しくしている者。小鹿はもう戻って来ないと思うが、文を送ることはできる。必ず届けるゆえ、文を預からせてはくれぬか」

「ですが、直接、渡すように言われました。本人に会えなければ、持って帰るよう厳しく命じられています」

仲也は、険しい表情で訴えた。狩衣姿は初めて視たが、会わなくなって、まだ一年経っていないのに、少年から成人男子へと変わりつつあった。以前、見かけたときは薄汚れた小袖だったため、見誤らなかったが、狩衣姿の仲也には会ってもわからなかったかもしれない。

「いないものはいない」

吉平は素早く懐紙に銭を包んで渡そうとしたが、仲也は手を引っ込めた。

「雇い主には、会えたと伝えればよいではないか。大丈夫、わからぬさ。陰陽師や呪禁師でなければな、偽りだとは気づかぬ」

最後の部分で、仲也はぴくりと頬を引き攣らせた。吉平は小鹿と同じ疑念をいだいているのではないだろうか。意図して言ったように思えた。

「ほう。そなたの雇い主は、呪禁師なのか」

探るような問いが出た。陰陽師ではなく、呪禁師と明言した点に、小鹿と同じ考えが表れているように思えた。

「い、いいえ、呪禁師ではありません」

思いのほか、仲也は狼狽える。

「雇い主の名は言えませんが、小鹿さんの知り合いなのは確かです。どうしても、駄目ですか、会えませんか。もし、いないという話が真実ならば、いつ頃、戻って来ますか」

疑いつつの確認を投げた。吉平が差し出した銭は、まだ受け取っていない。目の前に金をぶらさげられて応じないのは、昔の伸也では考えられないことだ。さらに小鹿という御所での呼び名を知っていることにも驚きを覚えた。

なかなか引きさがらないのは、相当、厳しく命じられたからかもしれない。

――雇い主を恐れている。

小鹿はそう思った。ともすれば、走って行き、文を奪い取りたい衝動に駆られる。呪禁師ではないというのは嘘なのか。あるいは民間陰陽師なのか。朱雀門前でのやりとりを視守っていた。

「文を渡してくれぬか」

吉平はもう一度、言った。

「わたしは、宮廷陰陽師のひとりだ。安倍晴明の倅と言えば……」

「えっ」

伸也は絶句する。どこか頼りない印象の吉平が、よもや稀代の陰陽師の息子だとは思わなかったのかもしれない。

まじまじと見つめた後、

「失礼いたしました。小鹿さんに必ずお渡しいただけるのならば、お預けしていきます」

「必ず渡すと約束しよう」

「わかりました」

おもむろに懐から文を出して、渡した。空いた仲也の手に、吉平は包んだ銭を載せる。深々と一礼して、踵を返した。少し離れた場所に、薄汚れた法衣姿の男が立っている。仲也を待っていたらしく、にやりと意味ありげな笑みを投げた。

「芦屋道満」

吉平は呟き、二人の後ろ姿を見つめていた。仲也がいなくなったのを見て、小鹿は朱雀門に走る。途中で吉平と合流した。

「法衣姿のあれは、どなたなのですか」

殿舎に戻りながら訊いた。

「法師陰陽師の芦屋道満よ。父上の宿敵と言えるかもしれぬ。わたしが考えていた相手ではなかったが、あやつが後ろにいるとなれば厄介だ」

立ち止まって文を差し出した。

「わたしもだれからの文なのか、気になる。開けてみてはくれぬか」

「はい」

小鹿はすぐさま包まれていた懐紙を開けた。ふわりと練香の薫り(かお)が立ちのぼる。雅(みやび)な薫りは吉を招(よ)ぶものか、災いを招ぶものか。

開くとき、手が震えた。記されていた和歌を詠(よ)みあげる。

美作(みまさか)に咲くやこの花冬ごもり
今を春べと咲くやこの花

小鹿の眼差しに、吉平は答えた。

「後で確かめてみるが、もとの歌はおそらく『古今集』の和歌であろう。作者は王仁(わに)だったように憶(おぼ)えている。美作の部分は難波津(なにわづ)だったはずだがな。『難波津に咲くやこの花冬ごもり』で、あとは読みあげた通りだと思う。いったい、だれが送りつけた文なのか」

「姓名は記されておりません。春を迎える慶(よろこ)びが感じられる歌なのに、わたしは暗い気持ちになりました。なぜ、難波津の部分が、美作に変えられているのでしょうか」

「わからぬ」

歩き出した吉平に倣い、隣を歩いた。二人とも不自然に黙り込んでいる。互いの脳裏に浮かぶのは、彼の者ではないのか。

「小鹿」

殿舎の方で晴明の声がした。木々に遮られて互いの姿は見えないが、頭上には老陰陽師の虎顔式神が現れている。庇や渡殿を行き交う慌ただしい気配が伝わって来た。

「吉平、小鹿と一緒だな」

ふたたび響いたのは、緊張感にあふれた呼びかけだった。

「はい。一緒におります」

答えた吉平とともに、小鹿は殿舎へと戻る。

「そこでしたか」

庇にいた少納言が言った。安堵したような顔になる。

「よろしいですか。気持ちを落ち着けてお聞きなさい」

そう告げた当人こそが、落ち着かなければならない様子に見えた。顔は紙のように白く、青ざめた唇をわななかせている。小鹿は答えを知っていると思った。聞きたくないが、訊かなければならなかった。

「どうしたのですか」

「多治比文緒が、島から逃げた由。恩赦を受けたわけではないのに逃げました。そなたを訪ねて来たのではないかと思い、案じていたのです」

「…………」

顔から血の気が引いていくのが、自分でもわかった。

届けられた文は、文緒からのものに違いない。焚き込められた高価な香の薫りが、今の状態を教えているように思えた。

第二帖　金華猫

一

翌日の早朝。

「届けられた名無しの文に記された和歌は、『古今集』に載せられた一首をもとにしたものでしょう」

少納言が言った。吉平の話と同じだった。

小鹿は、狩衣姿で定子の殿舎の一隅に晴明親子と集っている。夜がしらじらと明けてきたが、曇天で今にも白いものが落ちてきそうだった。にもかかわらず、御簾の向こうには、中宮・定子が座していた。

寒さと気の滅入る天気のせいばかりではないだろう。四人とも浮かない表情なのが

れませんが」

「難波津（なにわづ）の部分だけ変えられています。送り主は、美作（みまさか）にいると教えているのかもしれませんが」

少納言の推測を素早く打ち消した。

「そう思わせようとしているのかもしれません」

最後の「が」から察するに、おそらく少納言も同じ考えであるように思えた。島脱（ぬ）けした文緒の話で、御所は大騒ぎになっている。小鹿は昨日、検非違使（けびいし）（警官）に夜遅くまで調べられた。もちろん晴明親子と後見役の少納言が同席していた。

「ありうると思います。それにしても」

少納言は重い吐息をついた。

「海に浮かぶ島から泳いで逃げるのは、とうてい無理な話です。だれかが手助けしたのでしょう。逃げたのは去年のようですが、知らせが届くのに、いささか時がかかりました。届くのが遅れるように裏工作したことも考えられます。意図的に、遅らせたのかもしれません」

「去年」

小鹿は、はっとした。

「もしや、あれは幻ではなかったのでしょうか」

自問の呟きに、少納言の眉がぴくりとあがる。

「なんの話ですか、憶えがあるのですか」

「忘れもしません。親王様がご誕生なされた日です」

「昨年の十一月七日ですか」

「はい。裏門、と言いましても門とは言えないほどの粗末な造りでしたが、そこに多治比文緒が立っているのを見たのです」

　中宮でありながら里第（実家）を持たない定子は、縁もゆかりもない中宮大進・平生昌の三条邸で一親王を生んだ。皇子の誕生に沸くなか、豪華とは言えない裏門に姿を見せた文緒。

「慌てて裏門の周囲を確かめましたが、だれもいませんでした。幻だったのだろうと思っていたのですが」

　母と口にする気持ちにはとうていなれず、他人行儀な表現になっていた。胸がちくりと痛む。それを意識して遠くに追いやった。

「そなたに会いに来たのかもしれませんね」

「は、い」

返事が沈んだ。ともに暮らしたこともなければ、親しい言葉をかわしたわけでもない。さまざまな問題を抱えた厄介(やっかい)な遠い身内、それぐらいの気持ちしかなかったし、それ以上の感情が持てるとは思えなかった。

「もしかしたら、親王様の誕生を予見して来たのかもしれません。曲がりなりにも呪(じゅ)禁師(ごんし)ですからね。わかっているんだと知らせたかったのでしょう。いかにもやりそうなことです」

言い切った少納言に、反論する気持ちはなかった。血の繫(つな)がりがあること自体、疎(うと)ましく思えている。暗くなった表情に気づいたのかもしれない。

「藤袴様はそなたを引き取るつもりだったとか。乳母(めのと)が連れて行く途中で攫(さら)われたと聞きました。育ての親だった白拍子は、どのような経緯(いきさつ)で引き取ったのでしょう。そういう話はしていなかったのですか」

一歩踏み込んだ問いを投げた。

「聞いた憶えはありません。おまえは母親に捨てられたのだと、意地悪く言われるのが常でした」

「少納言様」

女房のひとりが、御簾から出て来た。

「中宮様が、名無しの文を見たいとの仰せです。小鹿に会いたいとも仰せになっておられます」

「わかりました」

少納言は、持っていた文を小鹿に渡した。

「失礼のないようになさい」

「はい」

緊張せずにいられない。背中にくくりつけていた桑弧桃矢を外すと、音もなく隣に来ていた吉平が、手を差し出して受け取る。

案ずるな、わたしと父上がそばにいるゆえ。

そんな〈聲(こえ)〉が聴こえたように思えた。小さくうなずき返して、深々と辞儀をする。だいぶ慣れてきたが、それでも膝行(しっこう)で御簾のところまで進むのは骨が折れた。名無しの文を女房に渡して、あとは案内されるまま御簾の中に入る。春とは名ばかりの冷え込み方だったが、心ノ臓が高鳴り、額(ひたい)にうっすら汗が滲(にじ)んだ。

「小鹿がまいりました」

女房の言葉の後、

「直(じか)に話しましょう。こちらへ」

鈴を転がすような声がひびいた。しかし、身体が思うように動かない。何度か女房に言われて進み出た。

しばし静寂が訪れる。女房が少し動いたからなのか、芳しい香の薫りが、いちだんと広がったように感じられた。

なにか合図をしたに違いない、

「面をあげなさい」

女房の言葉で、おずおずと顔をあげた。目まではあげられず、うつむいている。わずかに御衣の膝のあたりが見えた。

——色が違う。

すぐさま変化に気づいた。正式ではないものの出家した定子は、いつも青鈍色の尼装束だったのだが、下に紅梅色の袿を着たらしく、今までとは色が違っている。

昨日、小鹿と八重菊は、主上より贈られた梔子色と紅梅色の袿を定子に届けていた。八重菊は、年明けに新しく入った針女である。一条天皇は地味な装いに少しでも華やぎをと思ったのだろう。下に紅梅色の袿を着けただけで、驚くほど艶めかしくなったように感じられた。

一条天皇の愛を受け、なおいっそう輝きを放つ定子。

　主上は漢学を非常に好ましく思っているが、漢詩は主として男のものだ。そのなかにあって定子は、この時代には稀な『和漢両刀のインテリ后』であり、漢学もわかる女房を集めた革新的サロンを作っていた。

　それは他のサロンにはない唯一無二のものだったのである。一条天皇はゆえに深く愛した。天皇が十一歳のとき、十五歳で入内した四歳違いの中宮は、正妻であり、姉であり、あるいは己の半身と思っているのかもしれない。

「大変な騒ぎになりましたね」

　定子は、そっと告げた。

「ですが、必要以上に責任を感じることはありません。小鹿は堂々と胸を張ってお勤めに励んでください。彼の者は彼の者、そなたはそなた。たとえ血が繋がっていようとも、別人なのですから」

「………」

　小鹿は、思わず目をあげる。強い衝撃を受けた。間近に見えた定子の美しい眸が、心なしか揺れていた。相次いで両親を喪っただけでなく、兄の藤原伊周が犯した失態を苦にして自ら落飾している。

　淡々と過ごしているように見受けられるが、心に嵐が吹き荒れることもあるのではないだろうか。女子の命である黒髪を切ったことにより、奇異な眼差しや聞こえよがしな非難を受けている。そのせいで主上に迷惑をかけることもあるだろう。贈られた袿をありがたいと思いながらも、申し訳ない気持ちをいだくのかもしれなかった。

「あまり気に病んではいけませんよ」

やさしく繰り返した。自分に言い聞かせているようにも思えた。

「少なくとも、わたくしの殿舎では『文緒騒動』の話は許しません。問題の女子が名無しの文を送りつけたのは、検非違使たちを混乱させる策でしょう。今頃は京のどこかで次の騒ぎを企てていることも考えられます。もし、また、姿を見せたり、連絡が来たりしたときには、迷わず検非違使に知らせなさい」

「はい」

この瞬間、血の繋がりや縁といった厄介な感情が遠くなった。完全に消えたわけではないが、咎人の娘という罪悪感はかなり薄れた。

「名無しの文に記された和歌についても、気にしない方がよいと思います。とらわれすぎてはいけません。むずかしいかもしれませんが、心を閉ざさず、外に向かって一部を開けておくのです。そうすれば、悪いことは起きないと思いますよ」

と、言って小首を傾げる。

「まあ、言うは易しなのですけれど」

悪戯っぽく微笑ったその顔は、このうえなく魅力的だった。美しさや気質、知的な面といった一部分だけではない。一条天皇をとらえて離さないのは、定子のすべてだと悟った。女子でありながらも、心をぐっと摑まれる。

つられて笑ったとき、何人かの女房の近くに、針女の八重菊がいたことに気づいた。それだけ小鹿も緊張していたのだろう。年は十五、京で扇屋を営む商家の娘は、目が合うと安堵したような笑みを浮かべた。

八重菊は、中宮の近くに飾られている件の桜の一枝を、運ぶ役目を仰せつかっている。後で桜の屛風を描いた絵師が来る段取りになっていた。

「では、話を続けましょうか」

定子のそれが、御簾を退出する合図となった。ふたたび女房に案内されて、御簾の外、少納言たちの場に戻る。

大丈夫だったか。

というように、吉平の張り詰めていた顔が、ほっとゆるんだのを見た。不始末をしでかすのではないか、どうも頼りなくてならぬ。そんな父親らしい心配に襲われていたのは間違いない。小鹿は笑みを返して、もといた場所に戻る。

一緒に出て来た女房は、名無しの文を少納言に返した。

「『文緒騒動』に話を戻したく思います」

晴明が口火を切る。

「島脱けの手引きをしたのは、だれでしょうな。船が絶対に必要であるため、相当、金がかかります。人手も要る。そもそもどうやって連絡をつけていたのか。何度かやりとりをしないことには、段取りを調えるのは無理だと思います。役人に金を渡したのは間違いありますまい。問題は、その金の出所です」

背後にちらつく金主の影、文緒は藤原道長と繋がりを持っていたようだが、流罪になった時点で見放されたのではないだろうか。京で裕福なのは、ほんの一握りの上級貴族と商人であるため、文緒に助力できる者は多くないはずだ。

だれもが同じ人物を思い浮かべては、打ち消しているのかもしれない。

「軍資金の出所については、推測で話すべきではないと思います。関わりがあるかどうかはわからないのですが、吉平様は昨日、法師陰陽師をごらんになられたとか」

少納言は別の問いを投げる。法師陰陽師の年は、五十代後半ぐらいだったろうか。射るような眼差しと、全身から発せられる独特の霊気が、小鹿の脳裏に甦った。

「はい。父上の宿敵、芦屋道満でした。何度も帝の御前で技比べのような真似をしたことがあります。勝者はいつも父上でしたが、それが不満なのは確かでしょう。目の敵にしているように思います」

「あまり中宮様のお耳には、入れたくないのですが」

少納言は躊躇いがちに言った。御簾の方を気にしている。すぐに取次役の女房が、姿を現した。

「中宮様におかれましては、『どのような話であろうとも聞きたいと思います』とのことです」

「わかりました。それでは、申しあげます。中宮様の叔母上の高階光子様のことなのです。あまり良くない話を耳にいたしました」

高階光子は、中宮・定子や同母兄の藤原伊周にとっては、叔母であった。亡くなった定子の母・高階貴子のきょうだいにあたる。

「光子様のお館に、今、お話に出た法師陰陽師が出入りしているのを見たという者がいるのです。もしかすると、雇い入れたのは光子様かもしれません。さらに悪いことには」

声と表情が不安げにくもる。

「光子様は、中宮様の兄君、光子様にとっては甥の伊周様を担ぎあげようとしておられるとか。左大臣の道長様を追いやって、伊周様を関白の座に据えたいというお考えのようです。あたりまえですが、伊周様にとっても歓迎すべきお話でしょう。噂がお耳に届いたのかもしれません。左大臣様は先手を打つ心づもりである由」

場の空気が、さっと緊張した。定子に呼ばれたのかもしれない。御簾の外にいた女房が、いったん中に戻る。

二

「その先手とはどのようなものですか」

晴明の問いに、少納言は目をあげた。

「左大臣様は、伊周様を儀同三司として、政の世界に復帰させるお考えであると伺いました。もちろん今はまだ、噂話にすぎません。後々そうしようということだと思いますけれど」

「仰せになられた儀同云々は、お役目の呼び名でしょうか」

小鹿はすぐさま問いを口にした。わかったふりをするのではなく、わからないと正直に告げた方がよいことは経験的に知っている。拙いながらも留帳に記して、あとでそれを見ながら、多少なりとも役に立ちたいと考えていた。

「儀同三司は、正式なお役目ではありません」

少納言は筆を取り、紙に儀同三司と漢字を書いた。達筆なのは自他ともに認めるところであり、小鹿がいくら絵を褒められても素直に喜べない理由がここにある。やはり、内裏においては書の腕前が重要なのだった。

「大納言には勝りますが、大臣には劣るというような処遇を示す役職にすぎません。言葉は悪いですが、『飼い殺し』が一番近い表現になるかもしれませんね」

胸のザワつきが強くなる。

「まさか」

小鹿は思わず言った。

「伊周様も、高階光子様に加わっていると？」

「…………」

みな黙り込む。そうでなければいいと、この場に集った全員が思っているに違いない。が、儀同三司の話が真実ならば、伊周は引きさがらないだろう。そうなったとき、苦しむのは、定子だ。それだけは、はっきりしている。

「ひとつ、気になることがあります」

小鹿は言った。

「儀同三司の話ですが、まだ、先のことだと仰せになりました。それにしては、噂で流れるのが早いように思うのです。もしかすると」

「挑発している?」

先んじて、少納言が告げる。さすがに鋭かった。

「はい。わざと噂を流して伊周様を煽り、行動を起こさせようとしているのではないでしょうか。わたしは企みの気配を感じています」

「いい読みをしますね、小鹿は。わたしは言われて気づきました。他でもない、わたし自身が噂を広めてしまい、火附け役になりかねない話です。水面下の戦いは、常に繰り広げられているのかもしれません」

気をつけなければ、と、小声で言い添えた。

「これは関わりなきことと存じますが」

晴明もまた、不吉な予感を覚えているようだった。顔に翳りが浮かんでいる。

「貴布禰（貴船）神社から、明神のご神体を持ち出した不届きな輩がいるとか。人を呪詛するときに訪れることが多い神社でございます。件の女子が島脱けしたとたんの出来事。つい、結びつけてしまいますな」

「…………」

小鹿は、懸命に衝撃を抑えた。敦康親王の誕生で、藤原伊周と高階光子は今しかないと思ったのだろうか。最初は入内させるために女子を生めと言われるのに、入内した女御が生めと急かされるのは天皇家の跡継ぎとなるべき男子。周囲は勝手に騒ぎ立て、その重圧が女たちにのしかかる。

——独り立ちしたい。

小鹿はこのとき痛切に思った。藤袴のようになりたい、本当の意味で自立したい。漠然としていた望みが、今、はっきり形をなしてきた。とはいえ、なにになりたいのかさえ、まだ決めかねている。書よりは絵の方がましと言われたものの、鵜呑みにするほど愚かではなかった。

「失礼いたします」

女房が、藤原重家の訪れを告げた。

「様子のおかしい元書生の件と言えば、晴明様と吉平様には伝わるとのことでした。彼の者の姓名は、尾張浄人様である由。内薬司にご奉公しておいでだと聞きました。晴明様、いかがでしょうか。おわかりになりますか」

「重家様と動いたのは、吉平と小鹿です。あとで聞いた話によりますと、紫宸殿の前庭を確かめに行った折、ちょうど重家様にお会いしたとか。わたしは式神を飛ばして視ておりましたので、状況は把握しております」

晴明の答えを聞き、小鹿は昨日同様、どちらからともなく吉平と顔を見合わせた。

晴明は問題の殿舎近くに現れて、式神を消滅させている。だが、そのことを憶えておらず、吉平にどうして消したのかと訊いたのだ。

そのことから吉平は、晴明は老耄が始まったのではないかと恐れていた。

「吉平様、いかがですか」

女房は、吉平に目を向ける。

「元書生の姓名は、たった今、知りました。ですが、昨日、重家様と内薬司に参りました。それは間違いありません」

「それでは、重家様をご案内いたします」

立ちあがりかけて、座り直した。

「申し遅れましたが、絵師の件も伝えるようにとのことでした。そろそろおいでになるとか。こちらの話も重家様が手配りなされた由。お伝えすればわかるとのことでしたが」

「わかります。お待ちしているのです」

少納言が代表して答えた。女房は会釈して、重家を呼びに行く。待つほどのこともなく、重家が現れた。挨拶をして破顔する。

「晴明様もおいででしたか」

輝くような笑みを浮かべた。暗い話が多いなか、『光の少将』の異名通り、裡側から光を放っていた。小鹿も自然に顔がほころぶ。

——美しい方というのは、人を幸せにする。

自分を顧みて、どうだろうと疑問が湧いた。醜くはないと思うが、さりとて光り輝くにはほど遠い。さらに年を取れば若さと美が失われるのは必至。やはり、なにか技を身につけるべきだと思った。

「あとで絵師親子がまいります」

重家は言い、続けた。

「昨日の若い男君——尾張浄人様というのですが、塗籠に入ったきり、出て来ないとのことです。多治比文緒が島脱けした件で気づくのが遅れた由。鍵はかからないはずなのですが、塗籠の戸が開かなくなってしまったと聞きました」

「確かめにいらしたのですか」

晴明の問いに、うなずいた。

「先程、見てまいりました。昨日、申しあげましたように、元は受領（ずりょう）（国司）の、えええと、木幡邦広（こばたのくにひろ）様の書生を務めていた者なのです」

取り出した紙片に目を落としたまま続ける。

「木幡様は武蔵国（むさしのくに）の受領だったようですが、尾張様はその者を呼んでほしいと言っていました。何度も理由を訊いたのですが、とにかく『木幡邦広を呼べ』との一点張りでして」

答えを求めるように、老陰陽師を見つめている。晴明は、すべてを見通す天眼通（てんげんつう）や鬼を視る見鬼（けんき）、相手が口を開く前に用件の内容などが判断できる見通占（みとおしせん）といった霊能力を持っている。なにか閃（ひらめ）かないかと期待に満ちた眼差しをしていた。

「ふぅむ」

晴明は、むずかしい表情になった。

「お訊（たず）ねの件は、ちと込み入っているように思います。非常に厄介な状況であるのが一瞬、視えました。全容はわかりかねますが、名指しされた木幡邦広様は何処（どこ）に？」

「現在は受領の役目を終えて、京に戻っております。隠退したらしく、新たな職には就いていないとか。使いをやって呼びに行かせたところです」

話が途切れたため、小鹿は遠慮がちに切り出した。

「桜の一枝ですが、屏風を描かれた絵師の方は、わかったのでしょうか。この後、おいでになるのですか」

「描いたのは、上村主家の絵師だそうです。そろそろ来る頃ではないかと思います。そういえば、話題の桜はどこにあるのですか」

　重家の答えを、少納言が受けた。

「中宮様のもとにございます。主上がいち早く春を見せてやりたいと仰せになられましたゆえ、お届けいたしました。そうそう、主上で思い出しましたが、晴明様のお見立てがよかったのでしょう。だいぶご恢復（かいふく）なされたようです。今朝はお粥（かゆ）を口になされた由」

「さようでございましたか。梅は三毒――食べ物の毒、血の毒、水の毒のことを言いますが、それらを断つと申します。常より召しあがられるのが、よろしかろうと存じます。帝はちと甘いものを摂（と）りすぎておられるかもしれませぬ。かなり歯が、悪くなられているように感じました」

「ご無礼つかまつります」

　不意に庇（ひさし）から、女房に呼びかけられた。

「絵師の方がお見えになりました。ご案内申しあげても、よろしいですか」

「早いですね。桜を用意しておきましょう」

少納言の目顔を受け、御簾の近くに控えていた女房が動いた。素早く御簾をあげると新しい針女の八重菊が出て来る。竹筒に活けられた桜の一枝を抱えていた。重家が身を乗り出すようにして、興味深そうな目を向けている。

ふだんは静かな中宮の殿舎が、にわかに慌ただしくなっていた。

三

案内されて来た二人の絵師は、おそらく親子と思われた。顔がよく似ていた。

「上村主竹麻呂でございます」

父親と思しき年嵩の男が挨拶する。特に上座は設けず、殿舎の左右にそれぞれ座していた。少納言側には重家も加わったことから総勢八人。二人の女房と八重菊は、小鹿たちの後ろに座している。

「わざわざお越しいただきまして、まずはありがとうございます。清少納言と申します。中宮・定子様にお仕えしております。小鹿の後見役を務めておりますので、今回、重家様にお願いしてご連絡させていただきました。いくつか伺いたき儀がございまして」

「お役に立てばと思い、倅の乙麻呂とともに参りました。わかります限り、お答えいたしたく思います」

父親の答えを受けて、乙麻呂は小さく辞儀をする。年はせいぜい二十歳前後ではないだろうか。地味な色目の直衣姿で、髪は無造作に紐でくくっていたが、端整な顔立ちの持ち主だからかもしれない。重家や成信とは違う野性的な魅力を放っていた。

——なぜ、わたしを見ているのかしら。

乙麻呂は入って来たときからずっと、小鹿に鋭い眼差しを向けていた。気恥ずかしくなるほどに真っ直ぐな眸だった。

隣に座した吉平の陰にさりげなく隠れる。心ノ臓が、やけに速くなっていた。

父親の竹麻呂は、二人しかいない画師のひとりであり、その血を引く乙麻呂は若いながらも、十人の画部のうちの若手として活躍しているのではないだろうか。以前は画師四人、常駐の画部六十人だったものを、財政危機が甚だしく、今はやむなく減らされている。

それでも画師であれば、社会的地位はともかくも経済状態は良好であるように思えた。親子ともに光沢を放つ見るからに上等な直衣姿だった。

「まず伺いたいのは、主上の殿舎に置かれた屏風でございます。枝を広げた見事な桜の絵は、どなたが描かれたものでございますか」

少納言の問いに、父親の竹麻呂が答えた。

「あれは、乙麻呂の手によるものでございます。六曲の屏風を二つ、帝の殿舎に置いたと伺いました。洩れ伝え聞いた話では、屏風から桜の一枝が現れたとか」

「はい」

少納言は受け、目顔で新たな針女を促した。八重菊は竹筒を抱えて立ちあがったものの、慣れていないせいか、動きがぎこちなかった。無理もない。稀代の陰陽師がいるうえ、少納言や女房たちは裳を着けた正装の十二単衣だ。緊張して当然の場である。

それでも懸命に、桜の一枝を活けた竹筒を前に掲げて運んでいる。絵師親子のもとに運ぶ細い両腕が震えていた。針女は裕福な商人の子女でなければ就けないお役目であるため、なにもかも初めての経験であるのは間違いない。自宅では箸以上に重いものは、持ったことがないのかもしれなかった。

——八重菊さん。

小鹿もまた、緊張していた。転ぶのではないか、失態を犯すのではないだろうか。先輩の針女として訊かれたときは可能な限り、正確かつ丁寧に指南しているつもりだた。

が……小鹿は見ていられなくて立ちあがる。八重菊のそばへ行き、横から竹筒を持った
「わたくしが」

視線で少納言の承諾を素早く得る。元々自分が最初の目撃者だ。棒立ちになってい八重菊に、仕草でも後ろへと伝えた。

「あ、はい」

辞儀をして八重菊はさがる。小鹿は竹筒を眼前に掲げつつ、親子の前に歩いて行った。両膝を突いて、そっと置く。

「なるほど。これが屛風から現れましたか」

父親が口を開いた。いずれ乙麻呂もこうなるのだろうと、良い意味でうまく年を重ねている。昔はさぞや女君を騒がせたのではないだろうか。ひとりでは頼りないと思ったのかもしれない。音もなく、小鹿の右隣に少納言が来た。

「気づいたのは、小鹿なのです。お話ししなさい」

促されて、答えた。

「はい。屛風から桜の一枝が迫り出して、床に落ちたのです。どういうわけか、主上のおられる側ではなく、わたくしが控えていた方に屛風の正面が向けられておりまし

た。ちょうど吉平様がおいでになりまして」

これまた、影のように吉平が左隣に座る。小鹿も八重菊と同じように緊張していたが、苦笑いする余裕ができた。

「話しているとき、屛風に顔を近づけたのです。そうしたら、わたくしの額に桜の花びらがつきました」

「嘘ではありません。わたしも見ました」

吉平が同意して、絵師親子を見やる。

「試しに、わたしも指を近づけてみたのですが、なにも起こりませんでした。小鹿の秘められた霊力に反応したのかもしれません。今まではいかがだったのでしょう。こういうことがありましたか」

「いえ、昔話に『馬形障子』でしたか。聞いたことがあるぐらいです。ただ、乙麻呂が絵を描いているとき、奇妙な笛や鼓の音、そして、真冬の雪がちらつく日に、春のような暖かい風が吹いたりすることはありました。あとは、そう、夏に雪の風景を描いていたときは、工房が急に寒くなったりしましたが」

「『馬形障子』の話は、父に聞きました」

吉平は肩越しに後ろを見やって続ける。

「もしかしたら、二人の霊力が反応し合ったのかもしれません。小鹿には、絵心もあるように思うのです」

いつの間にか、吉平の隣に晴明が来ていた。陰陽師の親子は、絵師の感想が聞きたかったのか。あるいは、絵師に弟子入りさせたかったのか。晴明は懐から小鹿が描いた紫宸殿の前庭の一枚を取り出した。

「晴明様」

恥ずかしくて、小鹿は思わず呼びかける。が、桜と橘が逆の屏風を思い出し、それ以上は言わなかった。

「これは」

父親は驚きに目をみひらいている。隣の乙麻呂は、かなり真剣な表情になっていた。通常は『左近の桜』が左、『右近の橘』が右なのだが……。

「どうして、屏風の絵を逆に描いたのですか」

いち早く小鹿は問いかける。

「わたしも訊ねたい」

乙麻呂が訊き返した。

「なにゆえ、この絵の桜と橘は逆に描かれているのか」

　ずっと向けられている眼差しは、射るような鋭さを放っている。訊いたのはこちらが先なのにと、いささか不満が湧いたが、少納言に小声で「小鹿」と促された。

「夢を見たのです。目覚める前に、紫宸殿の前庭の夢を見ました。殿舎の中から見た景色です。なぜかはわかりませんが、『左近の桜』が右、『右近の橘』が左に植えられておりました。とても強く印象に残ったので、目覚めてすぐに描いた次第です」

「わたしも同じだ。夢では桜と橘が逆に植えられていた。紫宸殿の中から見た位置であるのは間違いない」

　乙麻呂は即座に継いだ。小鹿は思いついたことを口にする。

「現実の正しい位置に描こうとは思わなかったのですか」

「思わなかった。なぜなら夢で見た景色を描いたからだ。夢は鏡の中のようなものではないのかと、わたしは常日頃より思っている。逆になるのが、むしろ正しいのではないかと感じたゆえ」

　逆、入れ替わる、反対。

　小鹿の脳裏に、三つの言葉が浮かんだ。吉平と一緒に紫宸殿の桜と橘を見たとき、ふと思いついたものだ。

　——それにしても。

と、不思議な気持ちになっている。

なぜ、同じ夢を見たのか?

「同調か、共鳴か」

晴明が不意に言った。小鹿の考えを読み取ったのだろうが、これまた、以前、一度口にしたことがある。確か母の文緒が関わっていた事柄だったが……。

──まさか。

今回のこれも、なにかの予兆なのだろうか。島脱けをした文緒が、悪巧みをめぐらせているのだろうか。新たな騒ぎに関わっているのか。不吉な予感が外れてほしいと祈るような気持ちだった。

「乙麻呂殿とわたしの孫は、なにかしら繋がっているのかもしれませぬ。同じ夢を見たのは、たまたまとは思えませぬ。意味があるのではないでしょうか」

晴明の言葉を聞き、絵師の親子はあきらかに驚いた。むろん小鹿もである。孫だと公言されるのは複雑な気持ちがした。嬉しくないと言えば嘘になる。だが、面倒な事態になるのではないかという不安も湧いた。

「お孫さん、でしたか」

父親の呟きを、乙麻呂が受ける。

「ただならぬ霊力を感じたのは、気のせいではなかったか」

らしい口調と言うべきか。堅苦しいものではなく、おおらかな雰囲気を持っていた。傍観していた重家が、好奇心を抑えきれないという感じで進み出る。

「桜を拝見いたしたく思います。よろしいですか」

竹筒を目で指した。

「どうぞご覧ください」

少納言の許しを得て、竹筒を手に取る。と、固い蕾だった桜の一枝が、みるまに開いていった。蕾が間近で開くさまを見るのは初めて。小鹿は目を奪われて思わず声をあげる。独特の素晴らしい薫りが殿舎に広がった。

「これは、これは」

代表するように、老陰陽師が告げた。

「『光の少将』の異名通りと申しますか。重家様の素晴らしい霊光を受けて、一気に花開いたと見えまする。昨年以来、不可思議なことが続きますな」

目を細めている。良きこと、悪しきこと、後者の方が多いのは、天罰だろうか。それでも花開いたこれに関しては吉兆と思わずにいられない。

「小鹿さんですが」

父親の竹麻呂が、遠慮がちに言った。

「この桜と橘の絵を拝見しただけでも、絵の才があるように思います。よければ工房においでください。見に来るだけでもかまいません。多彩な顔料を目にするだけでも、充分に見る価値があるのではないかと思いますので」

「ありがたきお申し出、いたみいります」

少納言の辞儀に倣(なら)い、小鹿も心を込めて一礼した。花開いた桜の素晴らしい薫りが、身体の隅々まで行き渡るように感じられた。

「失礼いたします」

庇に現れた女房が、別の騒ぎの始まりを告げる。

「木幡邦広様が、朱雀門(すざくもん)にご到着なされた由。重家様にもおいでいただきたいとのことでございます」

塗籠に閉じ籠(こ)もったままの尾張浄人の件だ。指名された重家は、晴明親子と小鹿に目を走らせる。

「ご同道願えると助かります」

「承りました」

晴明は答えて、素早く続けた。

「ひとつお願いいたしたき儀がございます。その木幡邦広様とは、別室にて話を伺いたく思います。まずは塗籠の様子を拝見いたしますが、そのように段取りを調えていただけまするか」

「わかりました」

重家が受け、一足先に殿舎を出て行く。移り香だろうか、それとも桜が『光の少将』に恋したのか。追いすがるように、いちだんと薫りが強く漂った。

四

重家が動くままに、桜の薫りが流れる。

だが、内薬司の殿舎は薫りを楽しむどころではなくなっていた。他の曹司からも物見高い女童や従者が押しかけ、庇や渡殿、中庭には野次馬があふれている。少納言は定子のもとに残ったため、小鹿は晴明親子と重家のあとに続いた。

乙麻呂親子とは、中宮の殿舎で別れている。

「尾張浄人の二親はまだか。このままでは、お役目に支障が出かねぬ。説得に応じぬ場合は、どうすればよいのか」

長（おさ）と思しき中年男が、思案顔で声を張りあげた。

「まだ、塗籠からは出て来ないのですか」

晴明の声に反応する。

「おお、晴明様に吉平様、重家様もご一緒ですか。ありがたい。内薬司の長でございます。呼びかけて話をしてください。浄人は『木幡邦広を呼べ』としか言わないのです」

居並ぶ者を掻（か）き分けて、こちらに来た。重家は野次馬に立ち去るよう告げる。騒ぎを聞きつけたのだろう、重家の盟友の源成信も加わった。二人の貴公子に命じられて、渋々散会していく。

「そうですか。その木幡某（なにがし）は朱雀門に到着したと聞きました。重家様にも申しあげたのですが、ちと話がしたいのです。すぐここに連れて来るのではなく、まずは別室に案内していただけますか」

「うけたまわりました、手配りいたします。とにかく、塗籠の様子をご覧ください」

長は言い、小鹿と晴明親子を殿舎の塗籠に案内する。二人の貴公子が追い払ったので、庇や渡殿の野次馬はほとんどいなくなっていた。中庭にいた者たちも、名残（なごり）惜しそうではあったが各々の仕事に戻る。

「別室の準備は、おまかせください。われらがいたします」

重家の申し出に、長は破顔した。

「お願いいたします。晴明様、こちらへ」

殿舎の一隅に設けられた塗籠は、薄暗くて視えにくいが、なんとなく邪気を放っているように思えた。小鹿は鼻をうごめかせる。

「生臭いですね」

「うむ」

晴明は、仕草で待てと示し、先に近づいた。呼びかけてみたが、返って来たのは聞き取れない呻き声のようなもの。

「水や食べ物は、差し入れているのか」

問いかけに、長が答えた。

「食べ物は要らぬと言いましたので、水だけは戸を開けたときに渡しました。厠には一度も行っておりませんが、尿筒を持ち込み、中で済ませているのかもしれません」

木幡邦広が来たことを、成信が知らせに来た。ここで浄人とやり取りしても埒があかないだろう。

「晴明様。先に木幡様と話をした方がいいように思います」

小鹿の申し出にうなずき返した。

「そうしよう」

晴明は答えて、吉平を見やる。

「吉平はここで待て。なにか起きたときには、すぐに知らせよ」

「承知いたしました」

吉平を置いて、二人は別室へと足を向ける。知らせに来た成信が、案内役を務めつつ、肩越しに晴明を見やった。

「つかぬことを伺いますが、本日、晴明様はずっと中宮様の殿舎におられたのですか」

「そうです。未明から中宮様の殿舎におりました。あとで説明いたしますが、絵師に会って話を聞いたのです。小鹿も一緒でしたが」

なにか感じたのかもしれない、

「おかしなことでもありましたか」

晴明が訊き返した。

「いや、なんでもありません。つまらないこと、いや、つまらないことではないかもしれませんが、わたしもあとで説明いたします」

成信は意味ありげに答えて、少し離れた殿舎に案内する。屏風で仕切られた場所に、五十ぐらいの男が座していた。落ち着きなく手や目が動いている。重家と成信は、庇に控えるべく腰をおろした。

　晴明と小鹿が入って行くと、木幡邦広は額をすりつけんばかりに平伏した。老陰陽師が座した斜め後ろに、小鹿も座る。

「わたしは陰陽師の安倍晴明、後ろにいるのは孫娘の小鹿です」

「安倍晴明様」

　目をあげた邦広は、小さく息を呑み、もう一度、平伏する。おずおずと顔をあげる様子が、怯えているように見えた。窺うような目をしている。

「お噂は常々伺っております。あの、それで、なぜ、わたしが呼ばれたのでしょうか。尾張浄人の件ということでしたが」

　平伏したまま、極端な上目づかいで見た。塗籠男もおかしいが、この男も様子が変だった。おそらく晴明はすべてを見通したうえで、やり取りしているに違いない。聞きのがすまい、見のがすまいと、小鹿は集中した。

「そうです。尾張様は、かつては木幡様のもとで書生を務めていたと伺いました。それは間違いありませんか」

「はい」

　邦広は、ようやく顔をあげて背筋を伸ばした。それでも庇の貴公子たちに、ちらちらと目を走らせたりしている。落ち着きがなかった。

「京に戻られた後、内裏に勤めたとか。まだ日は浅いようですが、昨日から塗籠に閉じ籠もってしまわれたようなのです。何度、呼びかけても返事はひとつ。『木幡邦広を呼べ』と叫び返すだけでして」

「…………」

　さっと邦広の頬が引き攣る。驚きと動揺、そして、恐れだろうか。さまざまな感情がよぎったように思えた。

「本当に尾張浄人なのですか、二親は会って確かめたのですか」

　掠れた声で問いかける。顔はいっそう青白くなり、きつく唇を引き結んでいた。膝に置かれた両手もまた、固く握りしめられていた。

「はい」

　晴明は偽りを返した。尾張浄人は二親には会っていない、はずだ。なにか考えがあるのではないだろうか。小鹿は口をはさむことなく、貴公子たちと成り行きを見守っている。

「そして、尾張浄人だと確認した？」

「確認いたしました」

　断言して、晴明は続ける。

「いかがですか。木幡様を名指ししているのです。かなえてやらないと塗籠に閉じこもったままになるかもしれません。内薬司のお役目には、支障が出ております。木幡様の返答いかんによっては、検非違使を呼び、無理やり引っ張り出すことになりますが、よろしいですか」

「わたしは、会いたくありません」

「では、検非違使を呼びます。もちろん木幡様にも立ち会っていただきます。重家様、成信様」

「は」

　二人が動こうとしたとき、

「お待ちください」

　邦広は慌て気味に制した。

「ずいぶん強引ですね。尾張浄人はすでに、木幡家の書生を辞めた者。そして、わたしは昨年の暮れに受領を致仕（隠退）した身でございます。気は進みませんが致し方ありません。戸をはさんでの対話であれば、会うてみましょう。ただ」

と、言葉を止める。浮かない表情で一点を見つめていた。時間稼ぎにしか思えない沈黙だった。

「まいりましょうか」

晴明が促すと、憂鬱な表情で立ちあがる。

「そばにいてもらえますか」

確認するように訊いた。

「はい。問題の殿舎には倅もおりますので、ご安心ください」

「なにか、その、説明できないような状態になったときは、あ、いや、申し訳ありません。わたしの考えすぎだと思います。そう、そうなのかもしれない。あれはすべて夢、勘違いだったのかも」

最後の方は完全に独り言だった。重家と成信が先に立って案内役を務める。その後に邦広が続き、小鹿は晴明と彼の後ろを歩いた。

——おかしいですね。

老陰陽師の手を握りしめて心の〈聲〉を届けた。触れなくても伝わるが、こうするとより正確に伝わることがわかっていた。祖父と孫は、ときに吉平の助言を受けながら、騒ぎが起きたときの対処法を日々、試していた。

——うむ。しかし、気づかぬふりをしていることじゃ。そのうちに化けの皮が、剝(は)がれるかもしれぬ。

化けの皮という言葉には、晴明がなにかを摑んでいることが示されていた。小鹿は小さくうなずいて、木幡邦広のあとに続いた。

五

問題の殿舎の手前で、邦広は立ち止まる。二人の貴公子が背中を押すようにして、ようやく歩を進めた。小鹿も老陰陽師とともに中へ入る。

「われらは、塗籠の主と話したく思います。他の方々は別室にて待機していただきたく思います次第」

晴明の言葉を受けて、長は廊下に出て行った。吉平が指示を仰ぐべく、足を止めている。右手に小鹿が置き忘れた桑弧桃矢を持っていた。

「吉平は、中宮様のお側(そば)についておれ。なにが起きるかわからぬからな。いささか頼りないが、まあ、猫よりは役に立つであろうさ」

「仰せに従います」

吉平は小鹿に桑弧桃矢を渡して、殿舎を出る。いつもの軽口はどうしたのだろう。なにも言い返さなかったことに不安が湧いた。ただでさえ今日は雪が降り出しそうな空模様であるうえ、薄暗い殿舎内は瘴気のようなものが感じ取れるようになっている。問題の塗籠からは、しゅうしゅうという奇怪な音が聞こえていた。

「なんの音でしょうか」

小鹿は背中に桑弧桃矢をくくりつけながら訊いた。背中から身体全体に、晴明親子の霊力が流れ込んでくる。重かった空気が、かなり軽くなったように感じられた。

「鼻息ではあるまいか。だいぶ興奮しているようじゃ」

晴明は愉しそうに笑い、塗籠に近づこうとしない邦広を振り返る。

「木幡様。どうぞ、こちらへ」

「う、いや、わたしは」

邦広の身体は、あきらかに硬直していた。薄暗い殿舎の中だからなのか、青白い顔は作られた面のように見える。思い切りが悪いと言えばそれまでだが、ここまで恐れる理由はなんなのか。

「尾張浄人様」

晴明は塗籠の戸口に立ち、大声で呼びかけた。

「陰陽師の安倍晴明でございます。聞こえますか。木幡邦広様をお連れいたしました。ここを開けてはいただけませぬか」

「木幡っ」

どんっと地響きが轟いた。戸に体当たりしたのかもしれない。出てくればよいものを、姿を現さなかった。

——やはり、二人とも変だわ。

小鹿は晴明の後ろに隠れた。

「落ち着かれよ。幾つか確かめたき儀がございます。ひとつ、あなたは本物の尾張様でございますか。それとも……」

「浄人ではない！」

突然、邦広が叫んだ。

「おまえは物の怪であろう、ええ、化け物に決まっている。なぜなら、浄人は死んだからだ。流行り病で呆気ないほど簡単にな、命を落とした。流行り病を広めてはならぬと思い、火葬して内々に処理した次第よ。案ずることはない。家族には知らせるゆえ、迷わず成仏しろ」

唇をわななかせて、晴明を見る。

「晴明様はやつの正体に気づいておられたのではないですか。ご祈禱をお願いいたします。塗籠の主はヒトに非ず。物の怪でございます」

「物の怪という証はたてられますか。さらに尾張浄人様は、本当に流行り病で亡くなられたのですか。だれかに殺められたのではないのですか。強死したのではありませんか」

強死とは、殺害または変死した場合の表現だ。不慮の死を遂げた者の魂は、なんらかの理由で呼びさまされると、強烈な陰の力を帯びて活性化する。

「………」

邦広は黙り込んだ。

「お答えください、木幡様。尾張様は、だれかに殺められたのではありませんか。ゆえに物の怪となって……」

「殺めたのは、そやつだ!!」

絶叫と同時に、塗籠の戸が吹っ飛んだ。小鹿を庇うように晴明が両手を広げる。ゴォッと強風が吹きつけ、叩きつけられた戸もろとも二人は後ろにさがった。だがしかし、戸は晴明の眼前で止まり、襲いかかっては来ない。

とっさに結界を張ったのだろう。呪文を叫ぶや、宙に浮いていた戸は粉々に砕け散る。残骸を乗り越えるようにして、尾張浄人らしき男が塗籠から現れた。ほとんど同時に生臭い悪臭が広がる。魚が腐ったような臭いだった。

「わたしを殺めたのは、木幡邦広だ」

真っ直ぐ指さしている。毛髪は針のように逆立ち、身体の筋肉は膨れあがって、両眼からは真っ赤な炎が噴き出しているように視えた。千切れ飛んだ衣服が、かろうじて身体に貼りついている。

邦広は金縛り状態なのかもしれない、

「う、うう」

呻き声を洩らして立ちつくしている。動けないようだった。逃がすまいとしているらしく、邦広の背後には重家と成信が控えていた。

「今の話は、まことでございますか」

晴明は後ろを向いて問いかけた。小鹿はすぐさま動いて、老陰陽師の後ろに移る。後ろに尾張浄人、前に木幡邦広。二人に挟まれる形になっていた。桑弧の小弓を左手に持ち、いつでも射てるように気持ちを集中する。

「い、偽りに決まっているではないか、そやつは……」

邦広の言い訳を、浄人は大声で遮る。

「偽りを言っているのは、おまえではないか。武蔵国の受領（国司）として務めていたとき、書生のわたしに申請書類の改竄(かいざん)を命じたな。そうであろう？」

信憑性(しんぴょうせい)の高そうな話を口にした。収入の多い役職と言えば受領の役職名があがるほど、実入りの多いお役目だ。給金も多いが、裏金にいたっては、やりたい放題なのは間違いない。考えひとつで、宝の山がいくつも出現する。

ゆえに貴族たちは、受領になりたくて願いを出すのだが、なかなか認められないのが常だった。

「例えば、どのような話でございますか。もっと詳しく説明できますか」

晴明が訊ねる。

「いくらでも、話そうではないか。待て、今、思い出すゆえ、ちと待ってくれ。なんと言うたか、そら、あの、なんとか升よ。せ、せん、なんであったか」

ふっと小鹿は閃いた。

「宣旨升(せんじます)」

小声で告げる。

各地の受領や有力な領主は、勝手に大きな升を用いて年貢を集めるときに使っていた。これを宣旨升と言うのだが、京升六合二勺あまりを一升とするもので、民にとっては鬼のような升である。

余分に徴収した税は、そのまま受領や領主の懐に入った。育ての親の白拍子と各地を転々としていた小鹿は、悪い噂話もよく耳にしたため、知っていたのである。

「それだ！」

浄人は同意して、ふたたび炎のような眼（まなこ）を邦広に向ける。

「おまえは宣旨升を使い、私腹を肥やしていたな。他にも出挙（すいこ）、確かこれは稲を農民に貸し付けて利息を取るものだが、通常、公出挙（くすいこ）は年利五割と定められているのに、おまえはなんと八割もの利息を搾取していた。そして、書生だったわたしに、提出書類を改竄（かいざん）させた。偽りに耐えきれず、お上（かみ）に訴え出ると言ったとき、おまえは口封じのためにわたしを殺めた」

「い、偽りだ、いや、それ、それでは、おまえはだれなのだ、ええ、物の怪ではないのか。自分で『わたしを殺めた』と言ったな。殺められたとしたら、そこに立つおまえはだれなのだ？」

邦広は開き直った。だが、改竄書類を提出させた挙げ句、口封じのために尾張浄人を殺めたという話は筋が通っている。小鹿には、邦広が物の怪よばわりをする男の方が、正論を口にしているように思えた。

「わたしは、尾張浄人だ。おまえに胸を刺されたが、息を吹き返したのよ。殺めて埋めたつもりだろうがな。こうやって、甦った」

浄人はボロボロに裂けた直衣の胸元を開いて見せる。小鹿は少し動いて、右側に身体と目を向けた。刀で刺されたような傷痕(きずあと)が、生々しく残っていた。

「馬鹿な」

邦広は一蹴(いっしゅう)する。

「念には念を入れて、火葬したのだ。生き返るわけがない。たとえ稀代の陰陽師・安倍晴明様であろうとも甦らせることは」

そこで言葉を切った。生々しい訴えに狼狽(うろた)えたからなのか、自ら罪を認めたような言葉が出た。庇にいた二人の貴公子は、同時に動いた。

「成信。検非違使を呼びに行け」

「わかった」

邦広を睨(にら)みつけるようにして、成信は離れて行った。逃がしはしないという意思表示に違いない。重家は障子を閉めて一部分だけ開ける。一尺（三十センチ）ほどの隙(すき)間(ま)は、自ら庇に立って塞(ふさ)いだ。

「信じるのですか、物の怪の話を」

邦広はむきになっていた。

「違法な行いをしたのは、わたしではありません。浄人です」

と、今度は罪を着せようとする。

「わたしは知らなかった。宣旨升など用いたことはありません。出挙の利息も年利五割を守っていました。浄人は自分がやっていたからこそ、詳しい説明ができるのです。申請した書類を調べていただけば、真相がわかるでしょう。わたしが関わっていないことを証明できます」

「死人に口なしか」

浄人は嘲(わら)笑った。

「だが、わたしは一部始終を見ていた。胸を刺されて殺められた尾張浄人が、庭で燃やされるところをな。ちょうど除目(じもく)（人事異動）の時だ。次の受領に掘り返されるのを懸念したのだろう。おまえは京の館に遺骨を運び込み、庭に埋めた」

「う、な、なぜ、それを」

言った後で、しまったという顔になる。またしても自ら罪を認める結果になっていた。晴明はよけいなことは言わず、ずっと呪文を唱え続けている。浄人の身体の輪郭が、ぼやけ始めていた。

——顔が。

もはや、顔は消えかけていた。霊力を使いはたしたのか。かろうじて浄人だったものが、容貌を保てなくなっていた。ぐずぐずと身体全体がくずれるように小さくなる。

殿舎の床には……。

三毛猫が横たわっていた。

六

「おまえは」

邦広は驚きに目をみはる。

「浄人が飼っていた薄気味悪い三毛猫ではないか。なるほど、そうか、おまえが殺めたのだな。主殺しの罪は重いぞ。たとえ化け猫といえども、厳しい処罰が下されるは必至。覚悟するがよい」

今度はすべての罪を三毛猫に押しつけようとした。頭の切り替えが早い。毛が抜け落ちて、息も絶えだえという様子の三毛猫を指さした。

「晴明様。そやつが、主を殺めたのです。人に化ける金華猫なのでしょう。わたしは見ましたよ。この三毛猫が美しい女房に化けて、尾張浄人をたぶらかしたのです。金を奪った後は邪魔になって、浄人の胸を刺しつらぬきました。可愛がっていたのが化け猫とも知らず、閨をともにした結果がこれだ。油断できぬわ」

巧みに偽りを作りあげた。金華猫は人を化かしたり、人に化けたりする妖怪猫だが、金を渡せば晴明親子は懐柔できると思っているのかもしれない。涼しい顔をしていた。

――なんという健気な猫。

小鹿は、三毛猫をそっと薄縁に横たえる。悪事を訴えようとした浄人が無残に殺された場面を目撃して、金華猫は己の霊力を最大限に使った。だれが悪でだれが善なのか。考えるまでもないことに思えた。

「晴明様。よろしくお願いいたします」

邦広は、揉み手せんばかりに深々と辞儀をする。化け猫を咎人に仕立てあげれば、自分は安泰、八方丸く収まると思っているのは確かだろう。罪を押しつける相手がヒトではない分、気楽なのかもしれない。

「わたしは、伺った話をそのまま検非違使に伝えます。荼毘に付した尾張浄人様を埋めた館の庭に、案内していただくことになりましょう。こたびの騒ぎで検非違使の頭役を務めますのは、おそらく藤原重家様と源成信様のお二方になるのではないかと存じます。はてさて袖の下が通用するかどうか」

晴明は、咎人として正しい処罰を受けさせると申し渡した。邦広はふたたび頬を引き攣らせる。

「…………」

凄い目で睨みつけた。

「お待ちください。すぐに、成信が検非違使を引き連れて参ります」

言い添えた重家の後ろで声がひびいた。

「失礼いたします」

「え?」

と、思ったのは、小鹿だけではないだろう。戸口を塞ぐようにしていた重家が、思わずという感じで肩越しに振り向いた。そのまま殿舎内に数歩、さがる。押しのけるようにして姿を見せたのは……まぎれもない、安倍晴明その人だった。

装束の色や烏帽子までもが、今の老陰陽師そのままである。

「おまえはだれだ?」

晴明が問いかけた。

「おまえはだれだ?」

現れた新たな晴明・新晴明が訊き返した。

——あのとき。

そこで小鹿は気づいた。最初に尾張浄人の様子を見に行ったとき、晴明が放った式神を消したのは、偽者の新晴明ではないのか。そして、小鹿と吉平に、なぜ、式神を消したのかと訊いたのは、おそらく本物だったのではないだろうか?

「これは面白い」

邦広は耳障りな哄笑を迸らせる。

「現れた晴明様が本物なのか、はたまた、わたしを糾弾しようとした晴明様が本物なのか。他者を裁くどころではなくなりましたな。それにしても、宮廷陰陽師ともあろうお方が、ご自分の尻に火が点きかけていることすら予見できなかったとは」

馬鹿にしたような目を、糾弾晴明に向けた。

「おまえは、偽者であろう。そうだ、安倍晴明様の偽者に相違ない。さしずめ金華猫が化けた陰陽師ではあるまいか。やれやれ、御所は化け猫だらけだな。わたしは金華猫に自分の運命を預ける気持ちにはなれぬ」

言い置いて、邦広は戸口に歩きかける。

「お待ちください」

糾弾晴明が止めた。

「先程、申しあげました通り、検非違使が参ります。ここを動かずにいただきたく存じます。命に背くのはすなわち、帝に背くことに他なりませぬ」

「どうぞ、お帰りくださいい、木幡様。後ほど検非違使が、お館に伺う手筈をすでに整えました。これ以上の詮議は無用に存じます」

新晴明の言葉を受け、ふたたび動こうとした邦広の腕を重家が摑んだ。

「動かないでください。成信が検非違使を連れて参ります。ご自身が正しいと言うのであれば、まずは動かぬのがよろしいのではないかと存じます。立ち去るのは、やましいことがある証と、わたしは思いますので」

「わたしは帰る。よろしいですな、晴明様」

邦広は新晴明に答えを求めた。断言まではできないが、新たに姿を見せた晴明は、まさに金華猫が化けた姿に思えた。

「むろんです。わたしがお供つかまつります」

そう答えた新晴明に、小鹿は矢をつがえた桑弧を向ける。

「動くな！」

鋭く命じた。新晴明は、大仰に目をみひらき、まさに老陰陽師の顔で哀しそうに見つめた。

「わたしを殺めるか、多治比文香よ」

　本名を口にする。それは思いのほか、動揺をもたらした。多治比文香だと知っているのは、ごく限られた人物であるはず。それでは、今までいた糾弾晴明こそが偽者なのだろうか。いや、だがしかし、一緒にいた感じからして本物のように思えた。

　桑弧桃矢が小鹿の迷いそのままに、二人の晴明を行き来する。ひとりが化け猫であるのは間違いない。そして、糾弾晴明の方が本物の可能性が高い、はず。重家は新晴明を無言で睨みつけていた。

　――どうしよう、どうしたら。

　そこで閃いた。

　――手を握りしめたらわかる。

　と思った刹那、

「ならぬ！」

　糾弾晴明が、叫ぶように言った。

「足を射て、小鹿。たいした傷にはならぬ。間違えてもかまわぬ。物の怪であれば消え失せるのは間違いない。成仏させられるのだ。とにかく射て！」

心が決まった。小鹿は新晴明の右足めがけて矢を射る。見事に矢が新晴明の右膝のあたりをつらぬいた。

「うぎゃぁっ」

聞くに堪えない叫び声と同時に、バシュッと新晴明の身体が爆ぜる。鬼や魔を浄める桃矢を受けたため、一瞬のうちに消滅していた。消える刹那、白猫になったのが見えたものの、掻き消すようにいなくなる。

「やはり、偽者だったか」

重家は縄を取り出して、邦広を縛りあげようとする。ちょうど成信が、検非違使を連れて来た。邦広は戸口を塞がれて完全に逃げ道を断たれた。

「検非違使の調べに応じていただきましょうか」

晴明が静かに申し渡した。

尾張浄人を殺めたのは、木幡邦広なのか、あるいは金華猫の仕業なのか。飼われていた三毛猫の証言こそが正しいように思えたが……騒ぎは、思わぬ方向に進んでいた。

第三帖　頼光四天王

一

二日後。

「わたしは尾張浄人を殺めておりません。殺めたのは、二匹の金華猫です。共謀して動いたのでしょう。浄人は小金を貯め込んでおりました。それを自分たちのものにするための策略だったのではないでしょうか」

木幡邦広は言った。

「三毛猫の方は、美しい女性に化けておりました。浄人はとても嬉しそうでしたね。正妻にするつもりなのだと話してくれました。化け猫の恐ろしさが、よくわかりましたよ。まさか、わたしの館の庭に、火葬した尾張浄人の骨を埋めていたとは思いませんでした。すべての罪を押しつけるつもりなのだと思います」

あくまでも金華猫の仕業なのだと断言した。きわめて黒に近い感じだが、偽りと言い切るだけの証はない。それでも猫好きの一条天皇の命を受けて、左大臣・藤原道長は生き残った三毛猫を調べる件と、邦広が受領を務めていた武蔵国の民に聞き取りを行うよう命を発した。

「金華猫を審議する。言葉が話せぬ場合の通詞役は、安倍晴明にまかせるのがよかろう。審議には帝も立ち会われるゆえ、場を調えよ。また、木幡邦広が武蔵国の民を相手に、宣旨升を用いていたのか否か。調査するために官人と検非違使を遣わすことにした。定かになるまで木幡邦広の身柄は、右大臣の藤原顕光に預けるものとする」

預け先が顕光という点には、多少、疑問が湧いたものの、それを覆せるわけもない。道長は「さらに」と、もっとも重大な騒ぎを告げた。

「島脱けした多治比文緒については、必ず捕縛せよという追捕令が帝より出された。源頼光と四天王を呼べ。絶対に逃がしてはならぬ。居所を知らせた者には褒美を取らせる旨、正式に定められた。極悪人のことを急ぎ民に知らしめよ!」

強い口調で申し渡した。軍事貴族たちの招集を告げた点に、覚悟のほどが表れている。おそらく閨をともにしたであろう文緒を、捕縛した暁に発せられるのは、あまり例のない死罪の通達か。

捕まれば死、逃げれば生きられるのだろうか。いずれにしても、落ち着かない日々であるのは間違いない。

小鹿にとっての春は、永遠にこないように思えた。

数日後の夜。

中宮の殿舎の一隅で、小鹿は眠れないまま夜具に横たわっていた。新たに入った針女の八重菊は、四日ほど暇を取って実家に帰ったので今はいない。殿舎はいちだんと冷え込んでいた。

同調か、共鳴か。

頭には、安倍晴明の呟きが繰り返し、ひびいている。初めて聞いたのは、そう、のっぺらぼうの夢をよく見ると言ったときだ。すぐには意味がわからなかったのだが、のちに文緒が用いた恐ろしい外術──『妖面』が使われたときに理解した。

他者の顔を盗み、のっぺらぼうにしてしまう奇怪な外術。さらに盗んだ貌を木偶人形に貼りつけて思うまま操れるとも聞いた。

この外術の犠牲になったのは、針女の椿と高位の女房・雪路。小鹿が辛い気持ちになるのは当然ではないだろうか。

——盗んだ雪路様のお貌を、自分の顔に貼りつけたのは、藤袴様だった。

文緒の罪を我が身で償おうとしたのか、あるいは、文緒の良心を目覚めさせるためだったのか。藤袴の考えは今ひとつわからない。

対する咎人の目論見は、だれの目にもあきらかだ。一条天皇の貌を奪い、木偶人形に貼りつけて操るつもりだったのは間違いない。藤袴こと多治比文子は、己の命を懸けて帝と民を守った。

晴明には、なにもかも視えていたのではないだろうか。詳しいことは語らなかったが、手配りを調えていたお陰で、藤袴の願いがかなえられたように思えた。

「カラ？」

小鹿は、オスの三毛猫の名を呼んだ。この世から消滅しかけていた金華猫は、小鹿の手厚い看護によって見事、甦っていた。珍しいオスの三毛猫であることが判明したため、猫好きの主上からは、あらためて保護するように申し渡されている。

深更の見廻りだろうか。先程、静かに出て行ったことは知っている。なにかの気配を感じたように思えて……。

「だれっ!?」

思わず誰何の声が出た。可能な限り抑えたが、静まり返った殿舎に響きわたったように感じられた。上掛け代わりの小袖を摑み、上半身を起こして闇に覆われた一隅を見やる。小鹿と八重菊が使うのは、殿舎の北向きの場所なので非常に寒い。

闇がわだかまるような場に、気配が在るように思えた。

「だ……」

二度目の声は、だれかの手によって抑えられる。大きな手が唇を塞いでいた。慌てて逃げようとしたが、もう片方の手で動きを封じられた。

助けを呼ぼうとしたとき、

「おれだ」

低い声が耳もとにひびいた。

「上村主乙麻呂だ」

「え」

とたんに身体の力が抜ける。が、すぐにまた、違う緊張感で強張った。それらの変化を察したに違いない。

「大声をあげぬのであれば手を離す。できれば、おれはそなたに受け入れてもらいたいと思い、忍んで来た」

「受け入れる、なにを？」

思わず声になった疑問は、率直すぎたかもしれない。囁くような問いかけだったが、力が入ったままの身体から察したのではないだろうか。

「深更、男が女子の寝所に忍んで来た理由はひとつしかない。話さねばだめか」

笑いを含んだ答えが返った。小鹿はさすがに得心したが、新たな疑問が湧く。

「まさか」

はじめに出たのは、信じられないという気持ちだった。自分は咎人の娘であり、その咎人は島脱けしてさらに罪を重ねている。捕らえられれば死罪になるかもしれない流れだ。

本気なのかと思った刹那、

「一夜限りの遊びには、応じられません」

摑んでいた手を撥ねのけた。咎人の娘を正妻にしたいと思う男君がいるだろうか。いや、いるわけがない。

好きなときだけ訪う都合の良い愛妾にする。

つまり、そういうことなのだ。

「お引き取りくださいい。今宵のことは、あなたが出て行ったらすぐに忘れます。だれにも話しません」

「おれは本気だ、小鹿。そなたを正妻にしたいと思うておる。決められた定めを守り、祝宴を催したいのだ」

決められた定めとはすなわち、男が妻にしたいと定めた女子の家に、三日間、通って三日夜餅（みかよもち）を食べ、所あらわしの結婚披露の祝宴を執り行うことだ。それを聞いてもなお疑問が湧いてくる。

「わかりません。どうして、咎人の娘であるわたしを？」

「初めて逢（あ）ったとき、なぜ、女子なのに狩衣（かりぎぬ）姿なのかと興味を引かれた。男子でもなく、女子でもない。そういったことを否定しているように感じた次第よ。おもしろい女子だと思った」

見事に言い当てていた。確かに小鹿は性別で分け隔（へだ）てされたくないと思っている。狩衣を着始めたときには、さほど深く考えていなかったのだが……すぐに大きな意味のあることだと気づいた。

そして、乙麻呂は逢った瞬間にそれを見抜いた。

「そうですか」

としか答えようがない。今すぐ褥（しとね）をともにしようと言われても、踏み込む勇気がなかった。正妻にしたいと言われればよけいに、即答するのは躊躇われた。鈍い男ではないことはわかっている。だが、と、うまい言葉が見つからなかった。

「少し、そう、考える時をいただけませんか。あまりにも急なお話なので驚くばかりなのです」

「先程も言ったように、正妻にするための定めは守る。ここへ来る前、父にも話してきた。やはり、そなたに不思議な霊力を感じたらしい。二つ返事で承諾してくれた」

「お父上にも」

小鹿は驚きを禁じえなかった。定子に仕えて以来、少納言や女房たちが、数多くの男君に接する姿を見てきた。一夜限りの恋はあたりまえであり、それを楽しめる気質でなければ御所勤めはできない。

意外なほど生真面目な乙麻呂の求愛が、むしろ新鮮に感じられた。

「今宵は、お引き取りいただきたく思います」

居住まいを正して告げる。

「わたしは、まだ、決心がつきません。御所にあがったのは昨年の四月。無我夢中でお役目をこなしてきました。あらためて言うまでもないことと思いますが、罪を犯した咎人は、わたくしの実の母。こういうお申し出をいただいても、気持ちの整理がつかず、戸惑うばかりなのです」

「わかった」

乙麻呂は、ちらりと一隅の闇に目を走らせる。

「今宵は、挨拶(あいさつ)だけにしておいた方がよかろうな。そなたの守護神(しゅごしん)が、先程から睨(にら)みつけておる。無理強(じ)いしたときには、喉笛(のどぶえ)を嚙(か)み切ってやろうと身構えているようだ」

「え？」

小鹿はそこで初めて、闇に光る二つの眼(まなこ)を見た。音もなく戻って来たカラが、事の成り行きを見守っていたようだ。

「助けられたことに恩を感じているのだろう。そなたの霊力が、金華猫を甦らせたのだ。放っておけば消滅していたのは間違いない」

「わたしではなく、晴明様のご祈禱(きとう)です。真剣に祈ってくださいましたから」

「晴明様のご祈禱と、そなたの霊力だ。薬湯を飲ませてやったとも聞いている。さらには毎晩、添い寝してやったのであろう。身体を密着させればよけい霊力(ちから)が流れ込みやすくなるからな。気づいておらぬようだが、治ってほしいという小鹿の強い祈りの気持ちが金華猫を助けたのよ」

足音や気配を感じさせることなく、カラが小鹿の傍らに来た。木幡邦広は化け猫と言い切るが、体温さえ伝わってくる。毎晩、添い寝したのは、なにより温かかったからだ。冷え込む広い殿舎ではその温もりが嬉しかった。

「助けられたのは、わたしなのですが」

撫でるとゴロゴロと喉を鳴らし始める。話せるはずなのだが、浄人の騒ぎ以来、小鹿はカラと会話をかわしたことはない。あくまでも猫として振る舞っていた。

「小鹿」

乙麻呂は言った。あらたまった口調に思えた。

「はい」

小鹿も背筋を伸ばした。

「今宵は引きあげるが……そなたの頬にふれてもよいか」

躊躇いがちの申し出を断る理由はない。

「はい」

返事と同時に両手で頬をはさまれたうえ、素早く唇を重ねられた。慌てて押しのける前に、乙麻呂はいち早く離れる。隣にいたカラが動いたように思えたが、よくわからない。抑え気味の笑い声が、戸口のあたりで聞こえた。

「危うく喉笛を噛み切られるところだった。そなたを口説くのは命懸けだな。まあ、それでこそとも思うが」

かすかにあった気配が、完全に消えたのを感じた。静かに戸を閉めたのだろう。カラが隣に戻ってくる。

「びっくりした」

小鹿は、独り言のように呟いた。

「初めて会ったとき、じっと見つめていたので気になってはいたのだけれど。まさか妻にと言われるなんて」

「小鹿」

かすかな呼びかけは、少納言のものだった。こんな時刻になんだろう。真っ暗な殿舎では戸口へ行くだけでも時がかかるが、障子を開ける前に明るくなっていた。紙燭の明かりが動き、中に入って来る。

真の暗闇にいた身にとっては、半月の明るさほどに感じられた。小袖姿の少納言は素早く殿舎を見まわした。

二

「中宮様になにかありましたか」

小鹿の問いに、少納言は小さく頭を振る。

「いえ、よくお寝みです。そなた、その、だれか訪ねて来ませんでしたか」

言い淀んだ部分に小さな企みをとらえた。実家に帰った八重菊、事前に連絡を取り合っていたのだろうか、小鹿をひとりにする必要があったのではないか。

その理由はひとつしかない。

「ご存じだったのですね」

責めるような口調になっていた。少納言は首をすくめて、続ける。

「上村主乙麻呂殿から文をいただいたのです。普通は恋をした女子にまず和歌を送るのですが、そなたは和歌はもちろんのこと、文も苦手です。乙麻呂殿は、そのあたりもご承知だったのでしょう。小鹿はあれこれ悩んだ挙げ句、返事をくれないかもしれないと記されていました。ゆえに、わたしへの文になった由。それで準備したのですよ」

紙燭の火を灯明台に移して、持っていた紙燭の火は消した。少納言は薄縁に腰を落ち着けたので、小鹿は敷いてあった夜具に座る。カラは本物の猫のように隣で丸くなって寝た。寛ぎきった姿には、嵐のような時が去ったことが表れている。

「わたしは良いお話だと思っています。そなたには、絵の才があるように思えますから。しかも乙麻呂殿のお父上は画師。地位はさほど高くありませんが、れっきとした衛府の官人です。収入の面では申し分ありません。わたし宛ての文によると、乙麻呂殿は小鹿にひと目惚れしたようです」

「桜の屛風の件でお目にかかったとき、じっと見つめておられました。顔立ちの整った方だと、わたしは思いましたけれど」

「満更ではない、と」

少納言は笑って、続ける。

「あれだけ熱烈に求愛されれば、ほとんどの女子は受け入れますよ。乙麻呂殿は、重家様や成信様とは異なる魅力の持ち主ですからね。まあ、小鹿は変わり者なので、最初は拒絶するだろうともお伝えしておきましたが」

中宮に懇請されて仕えただけのことはある。小鹿のちょっと厄介な気質を深く理解していた。

「乙麻呂殿のお父上、竹麻呂様は、晴明様と吉平様に連絡なされたとか」

少納言の口から意外な話が出た。

「竹麻呂様だけでなく、お二人もご存じなのですか」

ふたたび大きな驚きに包まれる。

「はい。吉平様は、たぶんそのあたりを」

今度は苦笑して庇(ひさし)の方を指した。

「うろうろなされていると思いますよ。それはそうと」

急に声をひそめる。

「公(おおやけ)にするには憚(はばか)られる事柄であるため、敢(あ)えて確かめはしませんでしたが、そなた、殿方とは」

意味ありげに切られた意味がわからないほど鈍くはない。一瞬、躊躇ったが、少納言は口の堅い女子、他言はしないだろうと心を決めた。

「一度だけ襲われました」

「襲われた？　では、無理やりですか？」

「はい。このあたりを打たれて」

鳩尾(みぞおち)のあたりにふれて、続ける。

「気を失ってしまったのです。思い出すのはいやなので、これ以上の話は控えます。それからはいつも竹刀を懐に入れておき、小弓の稽古に励みました。ひとりにならないように、昼も夜も気をつけました」

「そうですか」

少納言は、物言いたげな様子だった。妊娠はしなかったのか、悪い病気をうつされたりはしなかったのか。色々気になったのかもしれないが、小鹿は唇を引き結び、これ以上は話さないと態度で示した。

「ですが、小弓が使えるようになったのは、重畳でした。悪いことばかりではなかったと考えましょう。わざわざ思い出す必要はありませんが、心のどこかに留め置いた方がよいかもしれませんね」

「はい」

小さくうなずいたとき、

「安倍吉平です。よろしいですか」

遠慮がちな声がかかる。

「待ちきれなかったようですね」

少納言は、いったん消した紙燭に灯明台の火を移して立ちあがった。ほどなく、吉平をともなって来る。秘め事が起きたかどうか、すぐさま察したに違いない。小鹿を見ると安堵（あんど）したような表情になった。

「大丈夫か」

いつもの言葉が出る。これを聞くと気持ちが落ち着くのは、吉平が持つ穏やかな雰囲気のお陰だろう。

「今宵は無事でした」

と、小鹿は笑った。こんなふうに笑える日が来るとは、自分でも想像していなかったので内心、皮肉めいた揶揄（やゆ）が浮かんだりもする。いい気になっているのではないか、咎人の娘らしくしていないと晴明親子や少納言の立場が悪くなるかもしれない。

そんなことを思ったりもした。

「そうか」

吉平は破顔して、少納言に目を向ける。

「小鹿はまだ、裳着（もぎ）をしておりません。父とも話したのですが、色恋話の前にまずは裳着ではないかと思います」

裳着は、女子の元服を意味する成人式だ。裳を着けることから、そのままの呼び方をしている。男女の秘め事は今少し先でもよいのではないか。吉平の申し出には男親らしい懸念が隠れているように感じられた。

「裳着ですか」

気乗りしない様子が見て取れた。後見役としては、無駄な支出を省きたいのかもしれない。それよりも、と、話を進めた。

「是非、工房に来てほしいと文に記されておりました。乙麻呂殿は正妻にしたいと強く望んでおられます。小鹿にとりましては、身に余る光栄ではないかと思います次第。絵の才能を伸ばすことにも役立ちましょう」

「仰せの通りですが」

今度は、吉平が気乗りしない様子になる。結局、だれが相手でも気に入らないのかもしれない。男親の心配や小さな嫉妬心が、浮かんでいるように思えた。

「確認ですが、吉平様。日にちは決まっておりませんが、左大臣様は主上の勅命を受けて、木幡邦広様とカラの審議をしたいと仰せである由」

少納言が話を変えた。カラの名が出たとき、小鹿の隣で丸くなっている三毛猫の片耳がぴくりと動いた。やさしく撫でてやる。

「そのように承りました。われら親子はもちろんですが、帝も御簾越しに立ち会われるようです。物の怪との通詞役は父にとのお達しがありました。カラが自分の考えを伝えられればよいのですが、今の様子ではなかなかむずかしいかもしれませんので」

「吉平様もおいでになるのですね」

少納言の確認にうなずき返した。

「むろん、まいります。父はすでに齢八十を超えました。いつ、なにが起きるかわかりません。幸いにも今少し寿命はあるようですが、宿敵の芦屋道満の動きが気になります。少納言様のお話を確かめてみたところ、やはり、彼の法師陰陽師は高階光子様の館に出入りしているとか」

数日前に聞いた話の調査結果を口にする。芦屋道満と一緒にいたのは、かつて小鹿と一緒に白拍子のもとにいた伸也だ。考えないようにしていたが、乙麻呂の話でいやでも思い出していた。おそらく無意識のうちに封じ込めていたのだろう。あらためて怒りが湧いてくる。

――許せない。

心で思っただけなのに、怒りを感じ取ったのか。カラが飛び起きる。全身の毛が逆立っていた。小鹿は膝に抱きあげて、ゆっくり背中を撫でた。

「新たな噂も耳にいたしました」

少納言が言った。憂鬱(ゆううつ)そうな表情になっていた。

「藤原伊周様ですか」

吉平もまた、調べた結果の続きを先んじて告げた。

「では、やはり」

少納言の顔が、いっそうくもる。高階光子の館に出入りしていたのは、芦屋道満だけではない、定子の同母兄・伊周も訪れているようだ。

「はい。高階光子様の館を訪れておられました。芦屋道満の式神(しきがみ)に阻(はば)まれて、館内にわたしの式神を侵入させることはできませんでしたが、伊周様が訪れた姿は式神を通じて視ました。あまり良い流れとは思えませんな」

語尾の口調が軽くなったのは、重い話を意識したからかもしれない。が、少納言の暗い顔に笑みは浮かばなかった。

「中宮様は兄君の件を」

吉平の問いを、素早く受ける。

「お耳には入れないようにしていたのですが、よけいな話をする者がいるのでしょう。昨夜、質問されました。わかりませんと応じて話をかわした次第です」

苦肉の策を告げた。弟ならまだしも、兄ともなれば定子も踏み込んだ話はできないだろう。また、伊周としては関白の座に就きたいという野望は当然あるのではないだろうか。父の藤原道隆は関白だったのだ。高階光子の魅力的な提案を断りはすまい。

「わたしは、小鹿と乙麻呂殿が見た夢も気になっているのです。なにゆえ、紫宸殿の桜と橘が、逆に植えられた夢を二人が見たのか」

少納言の言葉を、小鹿は継いだ。

「逆、入れ替わる、反対」

「なんですか」

「吉平様と紫宸殿に行ったとき、なんとなく浮かんだ言葉です。藤袴様の幻が現れて、桜と橘を何度も行き来なされておりました。あれも不可思議なことだと思いまして」

「わたしも藤袴様の幻を視ました。不安そうなお顔をしていらっしゃいましたな。あまり考えたくはないですが」

中途半端に吉平の言葉が消えた。小鹿の脳裏には、島脱けした文緒が浮かんでいる。吉平の言う通り、あまり考えたくはないが、高階光子たちの密かな企てには、多治比文緒も関わっているのではないか。あるいは、これから関わりが生まれるのか。

「小鹿が言った言葉の意味が、よくわかりません。なにが逆になって入れ替わるのでしょうか。反対とはなんなのか」

　少納言は自問するように告げた。藤原伊周と高階光子、光子の館に出入りしているのは、法師陰陽師の芦屋道満、もしかすると、文緒も加わるのか。そもそも文緒の島脱けを助けたのは……。

「明朝、小鹿を連れて、上村主乙麻呂殿の工房にまいります。少納言様はお気遣いなく。わたしが付き添いますので」

　吉平が露骨に話を変えた。咎人の娘であることなど歯牙にもかけない乙麻呂は、だれの目から見ても頼りになる存在ではないだろうか。男親として複雑な思いはあるかもしれないが、反対する理由はないと思ったのかもしれない。

「お願いいたします。じつは中宮様も、こたびの話をご存じなのです。気にかけておいでなのですよ」

「えっ、中宮様が？」

　継いだとたん、恥ずかしさで頬が熱くなる。御所という場はどうも恋愛に関して、かなりおおらかな印象を受ける。慣れていない小鹿は、耳まで熱くなった。

「恥ずかしいです」

「なにを言っているのですか。年が明けて小鹿はもう十六、わたしは嫁いでおりましたからね。いささか遅すぎる気がしなくもありません。同じ夢を見るなど、めったにないことです。乙麻呂殿は運命の男君のように思いますよ」

「そうですか？」

吉平は、珍しく訊き返した。簡単には認めたくないようだった。不思議な出逢いではあるものの、運命云々は小鹿もあまり考えたくない。

「明朝、吉平様と工房にまいります」

まずは画師の仕事を知りたかった。そのうえで、本当に自分が学びたい仕事なのかを見極めたい。

上村主乙麻呂の、真っ直ぐな目が脳裏に浮かんでいた。

三

画師が所属する画工司は、中務省管下の六寮三司のうちのひとつだ。画師は常勤の長上工、画部は仕事に応じて出仕する番上工となるが、神社仏閣や大仏殿などの大きな制作は、画師がそれぞれ何人かの画部を率いてあたった。

殿舎の一棟を使った工房には、早朝にもかかわらず、仕事着姿の職人がすでに十人ほど詰めている。丹や群青、朱といった顔料の匂いだろうか。独特の薫りが満ちている。顔料が入った大きな瓶のまわりに、何人かが集まっていた。

顔料の色や固さの調整をしているに違いない。作品に適した固さに溶いたり、思った色にするために、顔料を混ぜ合わせたりしていた。

――姿絵？

小鹿は、立てかけられた何枚かの肖像画らしきものに気づいた。姓名まではわからないが、男女どちらも描かれている。まだ、途中らしく下絵だけのものもあった。

「あ」

いやでも目をとめる。藤原伊周だろう、烏帽子に紅の直衣姿で描かれていた。非礼とされているため、中宮の殿舎に来たときも直視したことはない。が、立ち去るときの横顔や会釈したときに見えた顔は憶えていた。

「中宮様に似ておられますね」

定子と同じように、美しく、品があり、大貴族の男君らしい威厳が感じられた。背景の薄紫が、鮮やかな紅の直衣をいっそう引き立てている。失態を犯してなお人気が高いのは、伊周の人柄や醸し出す雰囲気によるものかもしれない。

「そうか、ごきょうだいは似ておられるのか」

　答えた乙麻呂を、できるだけ自然な態度で受ける。

「はい。この姿絵を拝見して、そう思いました」

　ともすれば、昨夜、別れ際に重ねられた唇の熱さを思い出してしまう。耳まで赤くなりそうになる。ひとつ頼みたいことが浮かんでいたが、今は敢えて口にしなかった。

　少し離れた場所の竹麻呂を見やる。

「お父上はなにを描いておられるのですか」

「父上は、新たな屏風に取りかかったところだ。急ぎ仕上げるように命じられたため、さっそく作業に入った次第」

　乙麻呂は真新しい屏風を目で指した。内裏用の屏風なのだろうか。小鹿は吉平と静かに工房を歩いた。足下にはカラがいて、仕事ぶりを眺めるように首をめぐらせていた。

　猫の姿に戻って以来、本当に話さなく、いや、話せなくだろうか、尾張浄人に化けたことで霊力を使いはたしたのかもしれない。小鹿は飼おうと決めていた。

「お父上が骨描のお役目を賜ったのは」

　自問のような吉平の呟きを、乙麻呂はすぐに受けた。

「八年ほど前になります。いずれは自分もと日々精進しております次第」

「骨描とは、なんですか」

小鹿は問いかける。話を記すための筆と小さな紙を持っていた。夜明けを迎えたばかりの工房は冷え込んでいるが、画師や画部の熱気が感じられた。小鹿は氣で感じ取っているのだろう。

肌が火照っていた。

「下描きのことだ。画所のなかでも才腕にすぐれた者を試験したうえで、選任されるのが常。墨描とも言われる」

訥々とした口調を、吉平が受けた。

「多くの上手のなかでも、特にすぐれた者を選ぶのは、それだけ墨による描線が重要と考えられているからだ。誉れ高いお役目よ」

「下絵は、やり直しがきかないのですか」

小鹿は推測をまじえて訊ねる。乙麻呂の父親・竹麻呂は、なにも描かれていない屏風をじっと見つめていた。その真剣な表情には、気迫がみなぎっているように思えた。

「やり直しはきかぬ」

乙麻呂は、推測通りの答えを返した。いったい、だれの依頼なのか。気になったが、訊いてはいけないような気がして控えた。

吉平は屛風の依頼者よりも別の事柄が気になるらしい、

「画工として制作にあたった場合、そのお役目に対してさまざまな臨時の給与があると聞きました。いささか気になっております。差し支えのない範囲で教えていただければ幸いなのですが」

収入や待遇の問いを投げた。小鹿は先程とは別の意味で恥ずかしくなる。吉平の袖を引いたが、当人は意に介していなかった。

「大事なことだ。父親として訊ねるのは、あたりまえではないか」

小声で答える。

「父親」

乙麻呂はわずかに驚きを見せた。

「やはり、小鹿さんのお父上は吉平様でしたか。晴明様の孫であるのは聞きましたが、さて、そうなると父親はだれなのか気になりました。弟君の吉昌様かもしれぬと、父は言っておりましたので」

「小鹿の父親は、わたしです。安倍晴明の孫は男子ばかりだったので女子は初めて。父もそうなのですが、とにかく可愛くてなりません」

堂々と言い切って破顔する。親馬鹿ぶりを思うさま発揮していた。本当に娘なのかわからないのにと、小鹿はうつむくしかない。何人かの男と関わりを持っていた文緒には、だれが父親かわかるだろうか。

「疑問にお答えいたします。仰せの通り、画工として制作にあたった場合、幾つかの臨時給与があります」

乙麻呂は生真面目に応じた。閨に忍び込んで来たときには、御所慣れした男かと思ったが、案外、そうではないのかもしれない。無理強いしなかった点に、気質が表れているようにも思えた。

「一つには作業衣の貸与、顔料で服が汚れますゆえ、こういった手当てがあるのはありがたいと思います。二つ目は上番のときの食料の供給。そして、三つ目は、仕事の完成時、功に応じて銭貨や物資が褒美として下されたりします」

「そして、ときには、叙位を含む報奨がある?」

吉平が疑問まじりに継いだ。乙麻呂は苦笑いを浮かべる。

「はい」

「正直にお答えいただきまして、ありがとうございます。色々な噂が入ってくるため、どれが真実なのか、わからなくなってしまうのです。こういうときは直接、確かめるのが一番だと、わたしは思っておりますので」

答えながら目を庇に向けた。だれもいなかったのだが、すぐさま女房が現れる。吉平は見張らせていた式神の『眼』で察知したに違いない。女房が左大臣・藤原道長の訪れを告げるのと同時に、道長本人が入って来た。

――赤鼻の左大臣様は、また、突然の訪い。

小鹿は皮肉めいた目を向ける。今日は女房の知らせがあっただけ、ましなのではないだろうか。道長は消渇（しょうかち）（糖尿病）の家系特有のものなのか、あるいは使用している薬の影響なのか。両頬の高くなっている部分と鼻先が、いつものように赤くなっていた。

左大臣・道長の兄であり、中宮・定子の父であり、関白でもあった道隆も消渇の持病で亡くなっている。相当、強い薬を利用していることも考えられた。

「左大臣様」

平伏した吉平に倣（なら）い、小鹿も畏（かしこ）まる。乙麻呂親子や工房の画工たちも、その場に平伏した。外見上は穏やかに見えるが、道長は案外、短気な気質なのかもしれない。

――待っている時間が惜しいのかしら？

先触れの女房と同時に現れた理由を推測した。道長はゆっくり工房に入って来る。

小鹿の隣に座っている三毛猫のカラが気になったようだ。

「それが問題の金華猫か」

足を止めた。

「はい」

代わりに吉平が答えた。

「日時は定まっておりませんが、近々執り行われる審議の場に、小鹿ともども参加いたします。改めてお訊ねいたしますが、右大臣・藤原顕光様のお預かりとなっている木幡邦広様もお出ましになられますか」

確認するような問いを投げる。もし、邦広の背後に真実の咎人がいた場合、証言をきらって呼び出しに応じさせないことも考えられた。気のせいであればいいのだが、小鹿は、背後に怪しい影がちらついているように思えてならなかった。

「うむ。審議は、真偽にも通じる語と、わたしは考えている。両者が立ち会うのは、あたりまえのことだ。それにしても、帝は酔狂なことよ。化け猫にも審議を受けさせるとはな。まともに答えられまい」

小鹿は、道長の強い視線をとらえている。カラの話をしながら、見ているのは自分だと気づいた。直視されすぎて頭が痛くなるほどだった。

我慢しきれなくなったのだろう、

「小鹿」

道長の声がかかった。

「はい」

「ひさかたぶりよの。面をあげるがよい」

気は進まないが、否と言えるわけもない。仕方なく顔をあげた。瞼は伏せ気味にして目は合わせないようにしている。とたんに道長は、小さな吐息を洩らした。

「ずいぶんと大人っぽくなったではないか。例の騒ぎの後は、新たな女御の入内、さらには中宮様のご出産と、落ち着かぬ日々が続いた。まともに顔を合わせる暇がなかったが、狩衣姿の針女は御所でも噂になっているぞ。勇ましいことに、小弓を常に携えているとも聞いた」

新たな女御などと他人行儀に告げたが、要するに自分の娘・彰子のことだ。一日も早く天皇の皇子をと願っているだろうが、彰子は数えで十三。母になるのは今しばらくかかりそうだった。

「そういえば、年はいくつになった？」

「十六です」

吉平がふたたび代わりに答えた。晴明ほどではないと謙遜するが、やはり、空気を読むことに長（た）けている。

　道長の妙な雰囲気を感じ取ったのか、

「求婚者が現れております」

　牽制（けんせい）するように言った。

「ですが、なにより大切なのは、当人の気持ちと考えております。左大臣様も仰せになられましたが、安倍家にとりましても大きな騒ぎがありました。よく話したうえで、決めたいと思いました次第」

「ほう、求婚者か。だれだ？　わたしの知る者か？」

　道長は、いかにもらしい興味を示した。狩衣姿の小鹿を気に入って、童随身（わらわずいじん）にという打診があった。熱っぽい目を向けていたのは確かだろう。いまだに執着心を捨てきれない様子に思えた。

「それは」

　言い淀んだ吉平を、若い声が継いだ。

「わたくしでございます」

　乙麻呂が顔をあげている。

「正式な妻にと思っております。晴明様や吉平様、後見役の少納言の君には、すでに話を通しました。あとは小鹿の心次第。絵心もありますので、よき妻になるのではないかと考えております」

小鹿さんではなく、公の場で呼び捨てにしたことで親密さが増した。すでに男女の仲なのかと思わせるような流れになっていた。鋭い乙麻呂は、小鹿や吉平の対応を見て、道長の好色心を感じ取ったに違いない。

男同士の見えない敵対心が伝わってくる。と同時に、重ねられた唇がまた、熱くなってきた。悟られぬようにと思い、さらに下を向いていた。

「乙麻呂か」

道長の声が、やや沈んだ。相手は明日を嘱望される若手の画部、容貌も年齢も申し分ない。似合いの夫婦と言えるのではないだろうか。しかも正妻と公言している以上、道長が小鹿に迫るのはかなり厳しい状況だ。童随身という案は、引っ込めるしかないように思える。

だが、乙麻呂の存在を認めたくなかったのかもしれない。

「竹麻呂、屏風の色は決まったか」

急に話を変えて、竹麻呂の方へ歩み寄る。先刻から真剣な眼差しを向けていた屏風の依頼主は、道長だったらしい。敵対心はとりあえず横に置き、別のことに気持ちを向けたようだった。

「は。やはり、時季を考えましても、桜色がよいのではないかと思いますが」

語尾に迷いが漂う。

「ただ、藤色もよいのではないかと悩んでおります」

早口で言い添えた。

藤色と聞いた瞬間、閃いた。

――入内した彰子様の曹司は、飛香舎。

飛香舎は、藤壺とも言われる曹司だ。つまり、竹麻呂が依頼された屏風は、彰子の祝いに関わる品なのだ。祝いはすなわち入内したことだろうが……なぜ、今頃なのだろう。祝いの宴はまさに入内した昨年の十一月、盛大すぎるほどに執り行われている。

少し遅いような気がした。

「桜色と藤色の両方を使うてもよいのではあるまいか。まあ、そのあたりのことは、竹麻呂にまかせるがな」

「左大臣様」

女房が現れた。

「源頼光様が、午の刻（昼十二時頃）においであそばされる旨、知らせがまいりました。紫宸殿において、帝にご挨拶なさる由。急な訪いでございますが、お召し替えが必要ではないかと存じます」

「おお、頼光様がおいでになられるか」

「ご無礼つかまつります」

　続いて姿を現したのは、藤原重家と源成信の二人だった。

「すでにお聞き及びかもしれませんが、源頼光様、帝のお召しを受けて参上なさるとか。まずは帝へのご挨拶をと仰せになられたようですが、中宮・定子様へのご機嫌伺いにも参上したいとの知らせがまいりました」

「なに？」

　道長の顔が、さっと強張る。

「なぜ」

　と、訊きかけてやめた。一親王を授かった定子への祝いを、たとえ御簾越しであろうとも、直接、告げたいと頼光が考えたのは確かだろう。

「小鹿」

　重家は、視線を小鹿に向けた。

「すぐに曹司へ戻るようにという、少納言様からのお言伝だ。正装でお迎えしなければばならぬとの仰せであった」

「頼光様は、金華猫にも興味津々である由。見た目は普通の猫だと伝えたのだがな。四天王は、おいでにならないようだが気になるのだろう。是非、同席させるようにと言伝られた次第」

継いだ成信は、頼光と同じ源氏である。内容から察するに、すでに頼光と話をしているように感じられた。

「承りました」

小鹿は吉平とともに畏まる。帰り際、乙麻呂にある頼み事をしようと心に決めている。その横でカラが、大きく伸びをした。

四

源頼光を頭(かしら)とする頼光四天王の顔ぶれは、渡辺綱(わたなべのつな)、坂田金時(さかたのきんとき)、碓井貞光(うすいのさだみつ)、卜部季武(うらべすえたけ)という四人の軍事貴族である。帝への目通りは当然とはいえ、中宮の曹司へ挨拶に訪れるのは異例のことだ。

道長の顔が強張ったのは、訪いが不満だったからに他ならない。

「くれぐれも粗相（そそう）のないように、充分、気をつけてください。カラに付き添う小鹿は狩衣姿というわけにはいきませんよ。裳（も）を着けた女房の正装でお出迎えしなければなりません。よろしいですね」

という少納言の説明を受けて十二単衣（ひとえ）を着るはめになった。小袖を重ねた針女の仕事着には慣れていたが、裳を着けた正装は初めてである。

「………」

重い。

簡単には動けなかった。ましてや、小弓を使うことなど絶対にできない。少納言たち女房は、いとも軽やかに動いているが、相当な体力を使うのがわかった。そういった様々な思いが伝わるのだろう。ずっと側（そば）を離れないカラもまた、不安な目をしているように思えた。

御所の定めに従い、赤い碇綱（いかりづな）を着けたのだが、碇綱には慣れているのかもしれない。カラはさほど気にかけていなかった。着付けを手伝ってくれた少納言や女房たちは、殿舎を調（ととの）えるためにそちらへ行っている。

「小鹿。今、少納言様に中へ入ってもよいという、お許しをいただいた。支度は調ったようだな。入るぞ」

吉平の呼びかけがひびき、塞いでいた几帳が動かされる。晴明と乙麻呂も一緒に入って来た。

「白、赤、緋、萌黄の『梅かさね』か。春らしい装いであるとともに、小鹿の年に相応しい装いじゃ。若々しくてよいではないか」

晴明が臆面もなく褒める。工房の帰り際、自分を描いてほしいと、乙麻呂に申し入れていた。

「承知した。金は要らぬ。その代わり、わたしにそなたの姿絵を描かせてほしい」

と逆に申し入れられてもいた。乙麻呂は無言で下絵を描き始める。小鹿は貴族たちの姿絵を見て思いついたのだが、むろん飾るためではなく、考えあってのことだった。

――晴明様と吉平様は、反対なさるかもしれないけれど。

覚悟を決めている。咎人の娘という周囲の厳しい目を、一日として忘れたことはない。そんな気持ちには気づいていないのか、

「小鹿」

吉平は感無量といった様子で、目をしばたたかせている。うれし涙をこらえているようだった。

「藤袴様もお喜びになろう。孫娘の十二単衣姿を見たかったであろうな」

倅の呟きを、晴明が受けた。

「そういえば先程、紫宸殿の前庭で藤袴様の幻を視た。『左近の桜』と『右近の橘』を行き来していたな。小鹿が正装することに、気づいておられるのかもしれぬ」

「藤袴様が」

小鹿も胸が熱くなる。晴明が姿を視たのは、十二単衣を初めて纏う孫娘が気になったからだろうか。

――そうではないような気がする。

行き来していたということは、やはり、桜と橘が逆になるのを教えようとしているのではないだろうか。しかし、なぜ逆になるのかがわからない。いったい、なにを示唆しているのだろう……。

「下絵ができました。わたしはこれで失礼いたします」

乙麻呂は早々と描き終えて、暇を告げる。早く小鹿の姿絵に取りかかりたいのかもしれない。挨拶もそこそこに出て行った。

遅ればせながら察したのだろう。

「乙麻呂殿を呼んだのは、そういう理由があってのことか」

吉平の表情がくもった。

「そなたの気持ちは、わからぬでもない。だが」

「よくよく考えて決めたことであろう。あれこれ言うでない」

「ですが、父上。顔はむろんですが、気質もまったく似ておりません。口さがない御所雀は、あれこれ言いますが、小鹿と彼の咎人は違います。自分の姿絵を検非違使に渡すと考えているのであれば」

「考えております」

小鹿は遮って、続けた。

「なんとしても、捕まえてほしいのです。吉平様は似ていないと仰せになりましたが、瓜二つと言ってもいいほどに似ているではありませんか。顔を知っていれば捕縛しやすくなるのはあきらか。わたしは自分にできることをしたいのです」

「捕らえられるまで、京の町は歩けぬな」

吉平の言葉で返事に詰まる。

「それは」

「貌を盗まれたうえで、殺められた針女は椿であったか」

晴明が継いで目を向けた。色々指南してくれた先輩の針女は、木偶人形に椿の貌を貼りつけた物の怪。とうの昔に死んでいたのである。晴明は、小鹿がなんとしても文緒を捕まえたいと思う理由を察していた。

「八重菊さんを見ていると、どうしても椿さんを思い出してしまうのです。顔はまったく似ていないのですが、椿さんと同じ裕福な商家の出だからでしょうか。おっとりとした雰囲気を感じるたびに切なくなるのです」

胸に手をあてて訴える。なんとしても、文緒を捕らえたい。それには彼の者の顔を世に知らしめるのが得策だ。

「わかった」

吉平は答えたものの、苦悶の表情を浮かべた。

「なれど、気をつけよ。闇にとらわれてはならぬ。そなたを生んだ母御なのだ。あってはならぬことだが……」

「吉平」

晴明が早口で制した。続く言葉が、小鹿にも想像できた。闇にとらわれてはならぬ、という吉平の忠告を心に刻みつける。心から案じてくれる親子の気遣いが、本当にありがたかった。

「小鹿」

少納言が姿を見せる。

「殿舎の支度が調いました。カラを連れてこちらへ」

　軽やかにくるりと向きを変えたが、小鹿にはそれができない。モタモタと動いて、やっと歩き出すことができた。カラを抱きあげたいのだが、とてもその余裕はない。

　吉平が赤い碇綱を持ち、抱きあげた。

「カラはわたしが連れて行くゆえ、案ずるな。小鹿は歩くことに気持ちを向けるがよい。転ばぬように気をつけろ」

「はい」

　言われるまでもない、それしかできなかった。おそろしく遅い歩き方で、対面が調えられた場に移動する。殿舎に入ると、小袖姿の八重菊が目をみひらいた。

「お似合いです、小鹿さん、あ、いえ、小鹿様」

　言い直したのを訂正したかったが、少納言に早くと急かされた。御簾がおろされた傍らに、なんとか腰を落ち着ける。御簾の真ん前には、大きな花瓶に活けた件の桜の一枝が飾られていた。散る様子もなく、ひとまわり大きくなったように見える。

「枯れないのでしょうか」

　小声の呟きに、隣の少納言が答えた。

「いずれは枯れるでしょうが、なんと言いましても屏風から脱け出した特別な桜です。

通常とは異なって当然でしょう」

視線を吉平に向ける。

「吉平様。カラは小鹿の隣にお願いいたします。噂を耳になされたのか、頼光様がご覧になりたいと仰せなのですよ。金華猫を見ていただくのも一興かと思いまして」

頼光が中宮の曹司への訪いを告げたのが嬉しいのかもしれない。声が弾み、いつになく表情が明るかった。うっすら頬が染まっている。

「わかりました」

吉平は答えて、カラを小鹿の隣にそっとおろした。

「頼光様が会いたいのは、カラだけではないかもしれぬ。だが、小鹿は悠然とかまえているがよい。そなたは稀代の陰陽師、安倍晴明の孫娘なのだからな。堂々としていればよいのだ」

含みのある物言いで、「なるほど」と得心した。新年を迎えた一親王への祝いもあるだろうが、頼光の目的はそれだけではないのだろう。

「案ずるな」

と、吉平は、自分に言い聞かせるような言葉を残して、反対側に用意された薄縁に足を向けた。殿舎の向かって左側に小鹿と少納言、何人かの女房。そして、右側に晴明親子が腰を落ち着けた。八重菊は、数人の女房とともに晴明側の御簾の近くに控えている。

すでに未（ひつじ）の刻（午後二時頃）を過ぎたのではないだろうか。

御簾から漂う高価な香の薫りが、本日の対応役として、定子が姿を現したことを告げていた。

「失礼いたします」

ほどなく先触れ役を務める成信が現れた。次の言葉を続けようとしたのだろうが、目は小鹿に向いている。

「見違えたぞ、小鹿。狩衣姿もよいが、やはり、十二単衣を着けた正装は格別だな。よく似合って……」

少納言が空咳（からせき）で褒め言葉を遮る。

「ご無礼つかまつりました」

成信は会釈して、続けた。

「源頼光様、お出ましでございます」

いったん出て行き、戻って来たときには後ろに直衣（のうし）姿の男をともなっていた。彼が入って来たとたん、殿舎の空気が変わる。

一気に引き締まった。

五

型通りの挨拶の後、

「御所は相変わらず賑やかなようですな」

頼光は言った。豪放磊落といった印象の男の年は、五十二、三。中宮の御前であることから、刀や弓矢などは事前に外していたが、鼻の下と顎に髭をたくわえた顔は、武者の風格をそなえている。他者の心を見透かすような鋭い目は、狐狸妖怪の類をたやすく見極めるのかもしれない。直衣を纏っていてもなお屈強な身体が見て取れた。

庇に控える二人の貴公子が、今は華奢に見えるほどだった。

「そうですね」

少納言は、あたりさわりのない答えを返した。中宮の曹司を統べる者として、頼光に負けず劣らず高位の女房としての威厳を放っている。彼の者にまかせておけばうまく進むというような安定感を感じさせた。

「早々と咲いた桜は、屏風から現れたとか」

頼光の射るような眼差しは、桜の一枝に向けられている。小鹿に霊力があるからなのか、独特の輝きを放っているように思えた。

御簾の前に置かれた桜の一枝は、大きめの花瓶に合わせるかのごとく、大きな枝を広げていた。御簾をあげたとき、中宮・定子の横に桜が来るよう、位置を考えて飾られていた。御簾をあげることは絶対にないため、そういった〝絵〟を頼光が目にすることはないのだが、これが御所流なのである。

「はい。わたくしの隣に控えております小鹿が、屛風から出て来た桜に気づきました次第。昨年の騒動以来、不可思議な現象が続いております」

少納言が答えた。小鹿は静かに一礼する。射るような目が、桜の一枝から金華猫、そして、小鹿に移った。

話しかけられるかと思ったが、
頼光は老陰陽師に視線を向けた。

「晴明様」

「帝より、多治比文緒の追捕命令がありました。彼の者は今、どこにいるでしょうか。おわかりになりませんか」

まずは霊力を頼りにする。晴明は苦笑いした。

「居所が定まりませぬ。たえず動いているらしく、特定できないのです。京に来ても泊まらないのでしょう。ただ、ひとりではなく、徒党を組んでいるのを感じました。島脱けを助けた者たちと一緒に動いているのかもしれません」

かなり具体的な話は、小鹿が初めて聞く内容だった。よけいな不安を与えないようにしているのだろう。さらにこれらの話が洩れた場合、小鹿に疑いの目が向く懸念もある。ここでも晴明親子の濃やかな気配りが感じられた。

「徒党を組んでいるのは、おそらく確かでしょう。島脱けをするには、金と人手が必要ですからな」

頼光は、じっと小鹿を見つめる。文緒に似た顔立ちを、瞼に焼きつけようとしているのかもしれない。吉平が言ったように挨拶の目的の主役は、新年を迎えた一親王や金華猫ではなく、小鹿なのかもしれなかった。

「わざわざご紹介するまでもないかもしれませんが、件の娘でございます」

少納言が視線を読んで答えた。

「さようでございますか」

気のない返事をする。頼光は但馬国、伊予国、摂津国の受領を歴任し、財を蓄えたとされていた。道長の信任が厚く、頼光もそれによく応えて親交を深めているようだ。

そういった関わりを考えると、中宮の殿舎への訪いは遠のくように思える。

——やはり、目的はひとつ。

小鹿の顔を憶えること、それしか考えられない。よく似ていると聞いたのではないだろうか。噂が広まっているのは、小鹿の耳にも届いていた。

些細な表情の変化に気づいたに違いない、

「隣に座っているのが、金華猫でございますか」

とってつけたような問いを投げた。少納言がうなずいて答える。

「さようでございます。名はカラだそうです。唐の猫だからでしょうか。そういえば、小鹿。なぜ、カラと名付けたのですか」

「わたくしが名付けたわけではありません。名前のことを考えたとき、頭に浮かんだのです。おそらく前の飼い主が、名付けたのではないかと思います」

「話をすると聞いた憶えがありますが」

頼光が訊いた。少納言に促されて、今度は小鹿が受けた。

「元の飼い主だった尾張浄人様に化けていたとき」

浄人の部分で、カラはぴくりと耳を動かした。会話の内容はわかっているのだろう。賢そうな顔で、小鹿を見あげる。

「話をしました。ですが、金華猫に戻った後は、話をしておりません。霊力を振り絞って非業（ひごう）の死を遂げた飼い主のことを訴えたのだと思います。使い果たしてしまったのではないかと、わたくしは考えております」

「残念ですな。金華猫と話をしてみたかったのですが」

「頼光様に、ひとつ伺いたき儀がございます」

晴明が口をはさんだ。

「なんなりと仰せください」

「京では、盗人（ぬすっと）の横行が激しくなっているとか。裕福な商家だけではなく、貴族の館に押し入ることも珍しくないと聞きました。腹立たしいことに奪った金を民にばらまいている由。義賊の噂が広まっております。この騒ぎに関しては、いかがでしょう。お耳に届いておりますか」

これまた、初めて聞く話だった。内裏から離れた特定の曹司にいると、世間から遠くなるのを実感せずにいられない。小鹿はいっそう会話に集中した。

「聞いております。これは、まだ、断定できないのですが」

前置きして、頼光は言った。

「賊の頭（かしら）は、藤原保輔（やすすけ）と名乗っている由」

「まさか!?」

成信が声をあげる。思わずという感じがした。隣に座した重家が、仕草で窘(たしな)める。殿舎の目が集まったのを感じたのかもしれない。

「ご無礼つかまつりました」

深々と一礼して告げた。

「ですが、藤原保輔は、十二、三年前に死んでおります。わたしは十歳ぐらいでしたが、京の町を騒がせた大盗賊でした。死んだときは」

自信がなかったのか、隣の重家を見やる。盟友がすぐに継いだ。

「二十歳(はたち)だったと憶えております。義賊の噂は小耳にはさみましたが、藤原保輔を名乗っているのは知りませんでした。なぜ、名前がわかったのですか」

頼光に問いを投げた。

「わざわざ名乗っていったとか。話を広めたいのかもしれませぬ。わたしも、晴明様に確かめたき儀がございます」

と、次は晴明に目を向ける。女房たちも有名な大盗賊の藤原保輔は知っていたのだろう。殿舎がざわついていた。

「死者を甦らせることは可能か否か、でござりましょうか」

晴明は先んじて答えた。

「可能であるとしたら、どのような術なのか。そのようなお問い合わせであろうと浮かびました」

「いかにも、仰せの通りです。十年以上前に死んだ咎人が、生き返って盗みを働いているのか。あるいは、死んだ大盗賊の名を騙っているのか。どちらも耳目を集めるのに役立ちますからな。義賊まがいの真似をすれば、民を味方につけられる。悪知恵の働く者がいるようです」

頼光の言った悪知恵の部分で、小鹿の脳裏には文緒が浮かんだ。ありえないことと否定できれば、どれほど気持ちが楽になるだろう。

——可能性は低くない、と思う。

きわめて冷静に結論を導き出した。咎人の母親を探すためには、気持ちを乱すのは禁物と自分に言い聞かせている。

「頼光様に申しあげたき儀がございます」

小鹿は、少納言に囁いた。うなずいたのを見て、顎をあげる。

「画所の画部に、わたくしの姿を描いてくれるよう頼みました。小さな何十枚もの紙に描いてくれるはずです。頼光様にはそれをお渡しいたします」

「小鹿」

少納言が言った。少し狼狽えたのかもしれない。動揺で両目が揺れていた。

「乙麻呂殿がおいでになったのは、そのためだったのですか。わたしは反対ですよ。そなたの姿が巷に広まるのは、よいことではないと思います。いくら咎人を捕らえるためとはいえ」

小声の訴えに、小声で応じる。

「お役に立ちたいのです。わたくしにできることであれば、なんでもやらせていただきたく思います。件の騒動では、椿さんと雪路様という、二人の女子が犠牲になりました。騒ぎを終わらせたい気持ちとともに、これ以上、罪を重ねさせたくないという気持ちもあります。ご理解いただけないでしょうか」

最後の方は、縋るような目になったかもしれない。

「わかりました」

吐息とともに返答した後、

「絵が仕あがり次第、お届けいたします」

両目を頼光に向けた。武者の顔が破顔する。

「ありがたい。検非違使たちにも顔を周知させられます。取り逃がすことのないよう、強く命じるつもりです」

笑うと驚くほど無邪気な顔になった。少年のような笑顔だった。だが、一度、咎人と相対したならば、まさに阿修羅のごとき働きをするだろう。そんな頼光の姿は、できれば見たくなかった。

不意に庇の方がざわめく。なにかを知らせに来た女房と話した重家が、殿舎に入って晴明のもとに行った。貴公子は青ざめていた。

「なに？」

晴明も表情が強張る。二言、三言かわして、一礼した。

「中宮様。この年寄りを呼んでほしいという知らせが届きました。ちと席を外したく思います。頼光様」

と、武者にも同道を促した。ただ事ではない。小鹿は立ちあがって、唐衣と裳、さらには重ねていた小袖を何枚か急いで脱ぎ捨てる。すでに殿舎を出て行った晴明親子や頼光、そして、二人の貴公子を追いかけた。

「小鹿、これ、小鹿、待ちなさい」

少納言の呼びかけは聞き流して、庇や渡殿を走る。内裏の外に設けられた定子の曹司を出た一行は、真っ直ぐ内裏をめざしていた。途中で紫宸殿の前を通ったのは、近道だからかもしれない。

――藤袴様。

小鹿は、またしても藤袴の幻を視た。『左近の桜』と『右近の橘』を行き来するように、消えたり、現れたりする。

――逆、入れ替わる、反対。

吉平と藤袴の幻を視たときに浮かんだ言葉を思い出していた。気にはなったが、晴明たちは立ち止まらない。めざしているのは、女御たちが暮らす区域に思えた。庇や前庭には、女房や女童（めのわらわ）、針女などが集まっている。おそろしげに見やっていたのは……。

飛香舎だった。

入内した道長の娘・彰子が住む藤壺とも呼ばれる殿舎からは、大勢の女房たちが庇に出ていた。

「晴明様がおいでになりました」

成信が先触れ役となって、集まった人々を左右に退（しりぞ）かせた。晴明親子と頼光は、飛香舎の頭役と思（おぼ）しき女房のもとに歩み寄る。なぜか殿舎の雨戸の一枚が、閉められたままになっていた。

「これは」

晴明は見たとたん、息を呑(の)む。雨戸には、一枚の亀の絵が貼られていた。上半分が黄色、下半分が黒で、甲羅には『申(さる)』の文字が朱で書かれている。見るからに薄気味悪く、不吉なざわめきを運んできた。

「申の亀じゃ」

晴明の言葉を、吉平が継いだ。

「逆、入れ替わる、反対。小鹿と乙麻呂殿が見た桜と橘が逆になっていた夢は、これを知らせるものだったのかもしれぬ」

「…………」

小鹿は意味がわからない。

飛香舎は、静まり返っていた。

第四帖　申の亀

一

二日後の午前。

紫宸殿において、緊急の朝議が開かれた。

「雨戸に貼られた亀の絵には、不吉な意味がございます」

晴明は言った。

「上半分が黄色で下半分が黒に塗り分けられております。そして、赤で申の文字。わたくしは『申の亀』と読み解きました。陰陽五行説におきましては、天は黒で土は黄色。この理に則って考えますれば、普通は上半分が黒、下半分が黄色で塗られると思いますが、この亀は天地が反対の色で塗り分けられているのです」

座している。

隣に座した倅の吉平が、問題の絵を掲げている。道長をはじめ晴明親子や宮廷陰陽師、そして、官人たちも勢揃いしていた。むろん御簾の向こうには、一条天皇も座している。

さらには定子中宮の同母兄弟・藤原伊周と隆家も末席に加わっていた。参列しないと疑われるかもしれない旨、晴明に諭されて仕方なくの出席になっていた。

——藤原重家様と源成信様のお顔が見えない。

他の役目を仰せつかったのか。あるいは、源頼光の多治比文緒追捕隊に自ら名乗り出たのか。女子で同席を許されたのは、狩衣姿の小鹿と正装の少納言、一条天皇の取次役を担う数人の高位の女房だった。女房はみな少納言と同じく、十二単衣をまとっている。

「繰り返しになりまするが、貼られた亀がそれを示しているのであれば、黄色の上半分が土、つまりは大地であり、下半分の黒が天を示していることになります」

ここまではおわかりになりますか、と、晴明は道長を含む官人に訊ねるように、紫宸殿の殿舎を見まわした。

「うむ。わかっておる」

道長がうなずいたのを見て、晴明は話を進めた。

「つまり、この絵は」

問題の絵を吉平から受け取って眼前に掲げる。

「天地が逆さまになるという暗示であろうと考えます。さらに申は日をつらぬく文字。日はすなわち帝（みかど）でござりますゆえ、おそらくは謀反（むほん）を示唆（しさ）しているのではないかと思います次第」

「謀反」

道長の呟（つぶや）きを受け、居並ぶ者たちがざわめいた。露骨に伊周兄弟へ視線を向ける者もいた。同席を許された何人かの女房も、ちらちら見ながら小声で話している。

――晴明様は仰せになられた。

昨夜、告げられた言葉を思い出している。

「逆、入れ替わる、反対。小鹿と乙麻呂殿が見た夢じゃ。紫宸殿の壺（つぼ）（前庭）に植えられた桜と橘（たちばな）の位置が逆の夢は、これを知らせるものだったのかもしれぬ」

幾度となくよぎった「逆、入れ替わる、反対」。そして、藤袴の幻（まぼろし）はなにかを知らせるように、桜と橘を行き来していた。あれも同じ訴えだったのかもしれない。

――ご兄弟への晴明様のご助言が、良かったのか悪かったのか。

朝議には参加しない方が、よかったのではないだろうか。おそらくすぐさま京中に噂が広まるだろう。伊周兄弟の仕業であると、意図的に公言する者もいるかもしれない。血の気の多さは自他ともに認めるところだ。

主上の御前で争いにならないことを祈るしかなかった。

「酔狂な輩がいるものよ。密かに事を進めればよいものを、わざわざ謀反を起こすと告げるとは」

道長が言った。

「なれど」

晴明は受けて、続ける。

「揺さぶりをかけるには良い策ではないかと存じます。疑念をいだかせて、疑心暗鬼を誘うつもりなのかもしれませぬ。また、追捕隊の検非違使を『申の亀』の調べに配さねばならないため、御所の守りはどうしても甘くなる。それも狙っているのかもしれませぬ」

多治比文緒の捕縛には、源頼光が自ら指揮を執って、四天王や検非違使ともども調べ始めている。晴明が言う通り、ただでさえ御所の守りが手薄になっている状況だ。よからぬ企みをいだく者が、下方のふりをして入り込むには好機と言えた。

「藤原伊周と隆家兄弟に問いたい。こたびの騒ぎについて、二人はどのように考えているのか」

　道長は、口にするのが憚られる問いを投げた。底意地の悪さが見え隠れしている。甥の二人は年下であるため、敬称をつける必要はないのかもしれないが、公の場ではそれなりに対応するはず。敢えて呼び捨てたのは、衰えた中関白家の力を、居並ぶ者に知らしめるためのように感じられた。

　案の定と言うべきか、

「どのように、とは？」

　伊周は顔色を変えた。いつでも対応できるよう腰を浮かせ気味にしている。虎視眈々と道長を追い落とすときを狙っているのはあきらか。父親の道隆は、かつて関白を務めて栄華をきわめた家柄だ。

　――にもかかわらず、道長様は伊周様を儀同三司として政に復帰させようとしている。

　さして重要とは言えない役目は、少納言の言葉通り、飼い殺しに近いものに思われた。かなり早い時点で話が広まったことを考えると、道長がわざと流した懸念もある。当然、兄弟の耳に入っているに違いない。

　どこまで愚弄するのか。

そんな怒りが、傍目にも見て取れた。

「他に意味はない、言うた通りよ。ああ、そうか。もそっとわかりやすく言わねばわからぬか。ならば、あらためて訊こうではないか。『甲の亀』なる不愉快極まりない絵を、畏れ多くも帝の女御・彰子様が住まわれている飛香舎の雨戸に、貼った憶えはあるや、なしや？」

「………」

伊周は勢いよく立ちあがる。激しい怒りで頬が染まっていた。隣に座した隆家が、なだめるように直衣の袖を引く。

「返答なし。貼った憶えがある、もしくは、貼るように命じたわけか」

あきらかに挑発していた。右大臣の藤原顕光は、愉しそうに唇をゆがめている。彼の者の表情を見ただけでも、冷静になりそうなものだが……見え透いたやり口なのに、これまた、伊周はたやすく乗ってしまう男。

「やっていない！」

叫ぶように言った。身体を震わせながら真っ赤になって睨みつける。対話の主導権を握って自分が思うような流れにするのは、道長が得意とするやり方だ。すでに良くない噂話が、吉平の調べにも表れている。

兄弟の後ろには、高階光子がいるのではないか。高階光子の館には、法師陰陽師の芦屋道満が出入りしているらしい。光子は伊周を関白の座に就かせたいと企んでいるようだ。だれもが疑念をいだき、冷ややかな眼差(まなざ)しを向けている。小鹿は針の筵(むしろ)にいる思いがした。

「証(あかし)を立てられるか」

道長は、追及の手をゆるめない。

「え?」

「『申の亀』の忌(い)まわしい絵を、雨戸に貼りつけたのは自分たちではないと証明できるか。言うておくが、女御の彰子様は畏(おそ)れ多くも我が娘。わたしの謀(はかりごと)ではないことは、だれもが認めるであろう。それでは、伊周殿と弟君はいかがか」

ここにきて「殿」をつけた問いが、しらじらしくひびいた。また、わざわざ自分の謀ではないと告げた点に、天(あま)の邪鬼(じゃく)な小鹿は逆に疑いをいだいた。自作自演も考えられる。ところが、兄弟は怒りにとらわれてしまった。無言で隆家も立ちあがる。

本当によく似た気質の二人だった。

「証を立てられぬのはすなわち……」

「天に二つの日はいらぬ」

晴明が遮（さえぎ）るように言った。

「む？」

目を向けた道長に、懐（ふところ）から取り出した紙を広げる。

「未明にこれが、わたくしのもとに届きました」

目顔を受け、晴明の近くにいた小鹿は、受け取った紙を道長のもとに届けた。狩衣（かりぎぬ）姿なので女房たちよりは動きやすい。晴明は伊周兄弟に向いた疑惑の眼差しを逸（そ）らそうとしたのだろう。

成功したように感じられた。

「藤原保輔」

道長は、記されていた姓名を読みあげる。とたんに、殿舎は先程とは比べものにならないほどのざわめきに覆われた。

「大盗賊の保輔か」

「だが、すでに鬼籍（きせき）に入っている」

「名を騙（かた）っているのであろうさ」

記された紙が、官人たちにまわされる。晴明は謀（はかりごと）を企んだ者は別にいると告げるために、敢えて伊周兄弟を呼んだのかもしれない。むろん二人が藤原保輔を騙る者に加わっていないとは断言できないが……別の名が出て少し落ち着いたのか、伊周と隆家は座り直した。

「天に二つの日はいらぬ、か。わたしでも読み解ける挑戦状だな。さて、そうなるとだ。もうひとつの日とは、だれを指しているのか」

道長は意味ありげに呟いた。『文緒騒動』が起きたとき、彼の者が誕生させようとしたのは焉王（えんおう）なる新たな天皇だ。『妖面（あやおもて）』という外術を用いて、一条天皇の貌を剝（は）ぎ取り、木偶（でく）人形に貼りつける企みだったのは間違いない。

――まさに真実の傀儡（かいらい）天皇。

藤袴によって辛（から）くも阻止できたが、次がないとは言い切れない。小鹿はたとえようのない不安に襲われた。

文緒は、藤原保輔を名乗る者と手を組んだのではないか？

不可思議な夢には、同調と共鳴という晴明の言葉も関わっているかもしれない。前の騒ぎのときにも、小鹿は文緒に同調した感じがあった。母娘（おやこ）なのだから、あたりまえと言ってしまえばそれまでなのだが、簡単に聞き流せなかった。

「藤原保輔を名乗る者を、指しているのかもしれませぬ」

晴明が遠慮がちに切り出した。

「これはまだ、定かではないのですが、貴布禰（貴船）神社から明神のご神体を盗み出した不届き者は」

「多治比文緒か？」

道長が素早く継いだ。目が真剣味を増していた。

「は。ありうるやもしれぬ、と」

晴明の答えを、それまで黙り込んでいた倅の吉平が受ける。

「ご神体を自分たちの神と公言いたしますれば、手を合わせる民も現れましょう。信仰心を利用するつもりなのかもしれません。盗んだ品や金を配り、義賊のふりをしているのはもはや周知の事実。匿う者も出てくるのではないかと思います。すでに手筈を調えていると思いますが、正直に届け出た場合は褒賞金を渡す旨、今一度、触れを出すのがよろしいのではないかと思います次第」

「褒賞金につられて『おそれながら』と密告するか？」

と、道長。

「はい。ただ」

吉平は沈鬱な表情で続けた。

「術師に脅されているかもしれませぬ。お上に売った者は、貴布禰神社の明神の怒りを受けて死ぬ。信じない者も実際に裏切り者が死ぬところを見せられれば、どうでしょうか。訴え出る勇気をなくすかもしれません」

「なるほど。貴布禰神社のご神体を盗んだ理由は、それか」

合点がいったように何度もうなずいた。帝付きの女房が、御簾からしのびやかに現れて、道長のもとへ行く。耳元になにか囁いて踵を返した。

「帝より、勅命を賜りました」

左大臣の威厳をもって告げる。

「藤原保輔を名乗る不届き者を、『おそれながら』と届け出た者には褒賞金を与える。また、勇気ある民は宮廷陰陽師に命を守らせる旨、ここに宣言するものなり。呪詛を返す優れた陰陽師がいるゆえ、安心して訴え出るようにという仰せである」

藤原保輔派にとっては裏切り者になる民を保護すると申し渡した。源頼光と四天王は動いているものの、これといった手がかりを得られていないのかもしれない。御所派は苦戦を強いられているのかもしれなかった。

「承りました」

代表するように答えたのは、伊周だった。向けられた疑念を晴らすため、先頭に立って動くつもりなのだろうか。

朝議が終わりかけたとき、藤原行成が姿を見せた。蔵人頭が同席しなかったことに、小鹿は遅ればせながら気づいた。ひっそりと影のように動き、いることさえ気づかせないようにするのが行成流か。

——重家様と成信様も。

同席しなかった貴公子たちも姿を見せた。近頃は一条天皇と定子の取次役を若い二人が担っている。あまり関わりたくない様子の行成は、これ幸いとばかりに取次役を譲ったように思えた。

「これにて解散とする」

道長が申し渡した。しかし、行成と二人の貴公子はそのまま残っている。官人たちが散って行くなか、小鹿は庇に出た。

二

「カラ」

待っていたカラが、身軽に飛びあがって小鹿の腕に抱かれる。朝議が始まる前に、カラは一条天皇への目通りを果たしていた。少し遅れて現れた晴明親子は、揃って渡殿を見やっている。

　おそらく式神に見張らせていたのだろう、

「お客人ですか」

　小鹿の問いに、吉平がうなずいた。

「そのようだな。どうやら尾張浄人様に関わりのある話らしい。同席は許されぬかもしれぬが、庇に控えるぐらいはできるかもしれぬ」

「いや、われらも同席することになろう」

　晴明の予言めいた言葉が終わらないうちに、重家が呼びに来た。小鹿は庇に残ろうとしたが、カラを連れて中へと告げられる。少納言や定子付きの女房たちはいなくなって、殿舎はがらんとしていた。

　官人で残ったのは、道長と行成、そして、二人の貴公子たちだ。重家は取次役の女房をはさみ、何度か一条天皇とやりとりした後、ようやく成信の隣に座した。小鹿は晴明親子とともに、貴公子たちの後ろに腰を落ち着ける。カラはあたりまえのように、小鹿の膝にきた。

「帝はお疲れではあるまいか。ご退出いただいた方がよかろう」

　道長の提案を、重家が受けた。

「遠路はるばる訪れた民たちの訴えをお伝えいたしましたところ、帝は是非、話を聞きたいと仰せになられました。事前に聞き取りした結果を、文書に纏めてお渡しいたしました。先程、左大臣様にもお渡しいたしました文書です」

目顔で文書を指して、さらに言った。

「まだ断定はできませんが、木幡邦広様と尾張浄人様に関わりがあるかもしれないと思いまして、その旨、お知らせいたしました次第です」

「『金華猫騒動』か」

道長は早くも呼び名をつけていた。カラは話さなくなってしまったため、木幡邦広が一方的に無実を叫ぶ中途半端な状態になっている。亡くなった尾張浄人側はいささか分が悪いように思えた。

「つまり、武蔵国の民が、陳情に訪れたわけだな」

確認に重家は小さくうなずいた。

「はい。村長のようです」

「面倒なことよ。帝のお心をこれ以上、煩わせたくはないが致し方あるまい」

これ以上と言うからには、多少なりとも煩わせている自覚があるのだろうか。道長は昨年の十一月、かなり強引に彰子を入内させ、一帝二后という先例のない状況に一条天皇を追い込んだ。定子の立場が弱くなるのは自明の理。悩ましいのは当然に思えた。

「定子は、朕が守る」

と、公言した一条天皇の苦悩はいかばかりか。

——それでも中宮様は、穏やかに日々を過ごしておられる。

定子の気持ちの強さに感じ入ることもしばしばだ。だからこそ、少しでも役に立ちたいと思う。乙麻呂に頼んだ小鹿の似顔絵は、すでに完成したので源頼光に渡した。うまくいくことを祈るしかない。

ほどなく先触れ役の女房が、客人と思しき者を案内して来た。

緊張した面持ちで現れたのは、直衣姿の二人の男。ひとりは三十前後、年嵩のもうひとりは五十前後だろうか。直衣の光沢からして、安価な布地ではあるまい。さらに人品骨柄卑しからぬ印象を受けたが、両名ともに深刻な表情をしていた。

——カラ?

膝に抱いていたカラが、ぴんと首を伸ばした。両耳も立てて緊張したのが伝わってくる。

尻尾は短いので動きまではわからないが、小鹿の膝から降りてきちんと座った。もしかしたら、顔見知りなのかもしれない。

手短な挨拶の後、

「お」

年嵩の方が、三毛猫に目をとめた。

「カラではないか？」

若い男に囁いた内容は、唇の動きでなんとなく読み取れた。だが、三毛猫など珍しくもないと思ったのではないだろうか。ましてや、天皇の御前である。若い男は頭を振って、もう一度、頭をさげた。

「両名ともに武蔵国の村長である由」

道長が言った。行成か重家から渡された文書を見ながら話している。カラの両目は真っ直ぐ二人に向けられていた。やはり、尾張浄人の知り合いだろうか。

「陳情書によると、新たな受領（国司）の行いに問題ありとの訴えであるとか。して、どのような話であろうか。帝の御前である。手短にお話しいたせ」

年明け早々の陳情には、重い意味があるように思えた。まさか御前で話すことになるとは緊張している様子が窺えた。

「はい」

若い男は、ごくりと唾を呑み、口を開いた。

「じつは前の受領の木幡様は、非常に理不尽な宣旨升を用いておりました。税を多く集めるための手段だと思います。受領が代われればと淡い望みをいだきましたが、新たな受領はその悪習を踏襲し、引き続き木幡様が用いた宣旨升を使うと宣言したのです」

「出挙もでございます」

年嵩が継いだ。堪えきれないという感じがした。

「稲を農民に貸し付けて利息を取る定めでございますが、公出挙では年利五割、私出挙では年利十割と決められております。ところが、前の受領の木幡様は、十八割もの利息を取っておりました」

十八割と聞いて、小鹿はむろんのこと、晴明親子も思わず道長を見やっていた。視線を向けられた当人は、苦虫を嚙み潰したような顔になる。なかば公然と行われてきた受領たちの搾取が、貴族への多額の賄賂に繋がるのは間違いない。

表沙汰にはしたくないというのが、道長の本音かもしれなかった。

「やはり、帝には、ご退出いただいた方がよろしかろうと存じます。いささか込み入った事情がある様子。朝議に続いての陳情となれば、お疲れのことと思いますゆえ」

道長は御簾の近くにいた女房に告げた。すぐに主上への確認を取る。戻って来た女房は、道長にそっと告げた。

とたんに渋い顔になる。道長は非常にわかりやすい一面を持っていた。

「通常は直訴など、ありえぬのだがな。特別のおはからいだ。要望を述べるがよい」

「は」

年嵩の男は、いっそう畏まる。

「宣旨升はもちろんでございますが、出挙もせめて公出挙の年利にしていただけないものかとまいりました次第。民は飢えております。子は痩せ細り、赤児は生まれても育ちません。なにとぞ、お聞き届けいただけますよう、お願い申しあげます」

頭をさげた年嵩の男に、若い男も倣った。女房が御簾を出入りして、道長のもとに行く。前以上に不愉快な表情で口を開いた。

「つかぬことを訊ねるが、木幡邦広の書生を務めていた尾張浄人は存じよるか」

具体的な問いに、小鹿は少なからず驚きを覚えた。主上は道長が言うところの『金華猫騒動』をかなり具体的に把握しているらしい。カラに関心を持ったのは、浄人の飼い猫だったこともあるだろうが、天皇としての責務を果たそうと思ったのかもしれなかった。

突然、告げられた姓名に意表を突かれたのか、

「え、あ、はい」

年嵩の男は、動揺を見せた。どう答えるかとでも訊くように、若い男を素早く見やる。うなずき返したのを見て、じりっと前に出た。

「尾張様のことは、存じあげております。他の方々はまったく無視いたしましたが、ただひとり、尾張様だけが我々の訴えに耳を傾けてくださいました。京に帰ることが決まったと伺いましたときは、みな気落ちしたものでございます」

「どこまでやれるかわからないが、ひどい状況を訴えるとも仰いました。京に着いてすぐご挨拶に伺ったのですが、なにやら取り込んでいると言われまして、お目にかかれなかったのです」

継いだ若い男の表情は、より不安そうになっていた。浄人に会えなかったのは、なにか起きたからではないのかと普通の人間は考える。原因を考えたとき、いやでも自分たちの陳情内容を思い出さずにいられなかったのではないだろうか。

「さよう。尾張家は今、取り込んでおる。訪ねるのは遠慮した方がよかろうな」

道長は答えた。詳細は説明しないのが、貴族流であり、追及することは許されない。そのあたりのことは、二人もわかっていたのだろう。

「あの三毛猫でございますが」

年嵩の男が、小鹿の隣にきちんと座っているカラを仕草でも指した。

「尾張様が飼われていた三毛猫に、とてもよく似ております。京に旅立たれた後、目にすることはありませんでしたので、お連れになられたのだろうと思っておりました。可愛がっておられましたので。もしや、カラでございますか」

カラと呼ばれて、ニャアと猫らしく反応する。道長は睨みつけ、よけいな真似をと表情で示した。起きた騒ぎをなかったことにするのが得意な者たちの集まりだ。

「あれは、下方の女子が飼うている猫。尾張浄人の飼い猫ではない」

あきらかに嘘だったが、公の場で反論できるはずもない。

「訴えについては、あいわかった」

道長は早々に締めくくる。顎を動かして行成に合図するや、忠実な蔵人頭は二人の民を促した。改善される見込みは少ないが、御簾越しであろうとも天皇に会えたのは重畳と思ったのか。二人は素直にさがって行った。

その間に女房が、何度か御簾と道長を行き来する。

「小鹿」

道長が言った。

「はい」

「亡くなられた藤袴様は、先例に精通しておられた。文書も相当、残っていると聞く。こたびの訴えと似た事例があれば、それを参考にせよと帝が仰せになられた由。急ぎ調べられるか」

命じたくはないがという不満が、ありありと浮かびあがっている。似たような事例があったときには、今の受領を罰する必要が生じるかもしれない。賄賂や付け届けが減るのは避けたいのか、気乗りしない様子に思えた。

「わかりました。急ぎ調べます」

小鹿は似た事例、しかも民にとって良い事例を探し出そうと決意する。カラを抱きあげて、さっそく中宮の殿舎に戻った。

探し出せるだろうか。

三

小鹿は、同役の八重菊と女童（めのわらわ）に手伝いを頼み、殿舎の前庭に置いた文車（ふぐるま）に入る。

藤袴が長年にわたってしたためた先例の文書が、作り付けの棚にぎっしり詰め込まれていた。棚だけでは足らず、床にも積みあげられている。

文車とは、牛車(ぎっしゃ)の中に書棚を設置した移動式書庫のようなもので、二畳半程度の小部屋なのだが、牛に繋ぐと動かすことができる。火事の多い御所にあっては、いざというときに文車を安全な場所に移せた。重要な文書を失わないために必要なものといえる。

残された藤袴の遺産を利用したのは言うまでもない。藤袴の居室にあった大量の文書を移す際、大雑把(おおざっぱ)に分けておいたのだが、どこになにがあるか、まだ把握できていなかった。

「凄(すご)い量ですねえ」

八重菊は、おっとりと言った。大変な仕事なのに、悲壮感は微塵(みじん)も感じられない。寒風が吹きつけているものの、うららかな日射しが降り注ぐ春の野原で、ひなたぼっこでもしているような顔をしていた。

「先日、文書を納めたとき、この書棚に民の陳情や訴えは纏めたような気がするのです。大仕事ですが、いったん殿舎に移しましょうか。暗くてよく見えない場所で、紙燭(しそく)や灯明台(とうみょう)を使うと危ないですから」

小鹿の提案を、八重菊は穏やかに受ける。

「はい」

「重いから気をつけてください」

書棚から文書を取って女童に渡した。塗籠（ぬりごめ）と同じような造りの文車は、窓がひとつも設けられていない。出入り口は一カ所しかないため、狭いだけでなく、動きにくかった。手渡しで文書を外に出し、殿舎に積みあげていく。

「すぐに使う文書だけは、殿舎の一角に置いたままにさせていただくようにした方が、よいのではないでしょうか」

八重菊はそう言いながら、灰色の空を見やっている。明るかった表情が翳（かげ）り、憂鬱（ゆううつ）なものに変わっていた。雷が大の苦手らしいのだが、嫌いなだけに空模様や湿った風で察知できるのか、小鹿が密かに雷占いと呼ぶ予想は、だいたいにおいて当たることが多かった。

「少納言様にお願いしておきました。わたしたちが寝所として使う場所に、置いてもいいというお返事です。八重菊さんが言う通り、すぐに使う文書は置いたままにした方がいいでしょうね」

小鹿は、陽（ひ）当たりの良い庇で寝ているカラを見て口もとをほころばせた。安心しきっている様子を見るにつけ、自分への深い信頼を感じて嬉（うれ）しくなる。無意識のうちに微笑を浮かべていた。

「昼間は几帳や屏風で隠しておけば目立たないと思います。ここで寝るのはわたしと小鹿さん、そして、カラだけですから」

と、八重菊は物言いたげな目を向ける。幾度となく口にしかけては、やめるという態度を朝から繰り返していた。近頃は御所雀が、いちだんと騒がしくなっている。訊きたいことは想像できたが敢えて言わなかった。

「あの」

意を決したように告げる。

「小鹿さんは、なぜ、上村主乙麻呂様のお申し出を受けないのですか。噂になっているのですが、とても素敵な方だと思います。画部としても明日を嘱望されていると伺いました。わたしなら」

そこまで言って頬を染め、耳まで赤くなる。御所は恋愛に関してはおおらかであり、何人かの男君と付き合っても非難されない。しかし、乙麻呂が望んでいるのは自由恋愛ではなく、正式な結婚だ。

「少し考えたいと、お答えしました。急なことでしたので驚きました。ええ、わかっています、とりあえず付き合ってみればという考え方もあります」

遮るように言った。問いかけの気配を感じたからである。

「でも、わたしはいやなのです。出逢ったばかりでなにも知らない相手と褥をともにしたくありません。八重菊さんが言う通り、乙麻呂様は素敵な男君だとは思いますけれど」

「別の噂も出ています。小鹿さんのまわりには、見目麗しい殿方が出入りなさっているので、その、ええと、その方たちを気にしているのだと」

言い淀んだ部分を敢えて口にする。

「藤原重家様と源成信様は、貴族のなかの貴族、雲の上のお方です。男女の仲になってはいませんし、なることもないと思います。あくまでも噂ですが、失礼な噂話はやめてほしいです」

小鹿は、屛風の足にくくりつけたカラの碇綱を締め直した。勝手に動けないようにしているのは、翁まろという名の定子の飼い犬が庭に放されているからだ。今はどこかに行っているようだが、カラが庭をうろつくのは危なかった。

「梅の薫りが」

薫りに誘われて、庭に目を向ける。南向きの殿舎の前庭には、梅の木が三本、植えられていた。白梅と紅梅、そして、白と紅の混じった一本が、そろそろ蕾を開きかけていた。素晴らしい芳香が、風に乗って流れてくる。気がつくと深呼吸をしていた。

「小鹿」

少納言が、庇に出て来る。

「丹波忠明様に、中宮様の薬草を調合していただいているのですが、今日は助手の方がお休みであるとか。他にもお願いした常備薬と言いますか、必要な品があるのです。お手伝いをお願いいたします」

「わかりました。忠明様は、炊屋ですか」

「そうです」

会話を聞いていたカラが、起きあがって伸びをする。同道するという意思表示だろう。話しはしないが、ちゃんと理解しているらしい。小鹿は結んでおいた碇綱をほどいて抱きあげた。

「八重菊さん、申し訳ありませんが」

小鹿が言い終わらないうちに笑みを浮かべる。

「関わりがありそうな文書は、運び出しておきます。わからないものには手をつけません。雨で濡れると困るので、殿舎の奥に置きますね」

と、暗くなってきた空を目で指した。今にも雷が鳴りそうな天気になっている。雷占いは当たりそうだった。

「お願いします」

急ぎ足で炊屋に向かった。御所が全焼した後、中宮に与えられた殿舎は、いつものように内裏(だいり)の女御(にょうご)用の曹司(ぞうし)ではない。が、こぢんまりとした造りで、専用の炊屋や厠(かわや)、湯殿などが設けられていた。

他の殿舎の者とできるだけ顔を合わせないで済むようにという、主上の気配りが察せられる。火事の災いを、定子にとっては幸いに変えたように感じられた。小鹿たちも気持ちよく過ごせている。

「失礼いたします」

小声で挨拶する。小さな炊屋では、忠明が薬研(やげん)で皮のようなものを磨(す)り潰(つぶ)していた。薬用の秤(はかり)も並んでいる。広さは十二畳ほどだろうか。三畳程度の土間には竈(かまど)や調理台が並び、小上がりになった場所は床に薄縁(うすべり)が置かれていた。

忠明はそこで作業をしている。晴れれば気温はあがるが、雨になりそうな曇天ゆえ、いちだんと冷え込んでいた。火桶(ひおけ)で時折、手を温めている。

——独特の薫りが。

我知らず、深呼吸していた。一日に何度も出入りする場だが、薬研や秤、そして、薬草の匂いが独特の雰囲気を醸し出している。いつもとは違っていた。

「お」

忠明は手をとめて、ひとりと一匹を見やる。年は二十代後半で、見るからに誠実そうな印象を受けた。やさしい目は患者の不安を軽減させるに違いない。この方にまかせればなにが起ころうとも大丈夫、というような気持ちにさせるかもしれなかった。

「中宮様付きの針女、小鹿と申します。丹波様のお手伝いをするよう、少納言様より申しつかりました。なんなりと仰せください」

小鹿は深々と一礼する。何度も宮中で見かけたことはあるが、話をするのは初めて。しかも他に人はいない。いやがうえにも緊張した。

「連れているのが御所で噂の金華猫か。普通の三毛猫にしか見えぬがな」

屈託なく言い、竈を目で指した。

「忙しいのに、すまぬ。見習いは急に体調を崩したため、今日は休んでいる。人手不足だからな、手伝うてもらえるのは本当にありがたい。さっそくだが、まずは湯を沸かしてくれぬか。中宮様の一回分の薬草はここに置いておくゆえ、湯が沸いたら煎じてほしい。あとで女童が取りに来るはずだ」

「わかりました」

忠明は一回分の薬草を入れた小皿を盆に置き、作業を続ける。薬草類が入った袋と思しきものが、片隅にずらりと並んでいた。薬草の匂いが満ちみちている。

——椿さん。

薬草の薫りが、『文緒騒動』のときに亡くなった同役の椿を脳裏に甦らせた。彼の者の実家は薬草問屋を営むお店であり、今でも時折、季節の果物や高価な菓子が、文と一緒に届いたりする。両親は、椿と同い年の小鹿に、亡くなった娘を重ね合わせているのだろう。

切なさと申し訳なささを追いやって気持ちを戻した。

カラの碇綱を小上がりの柱に繋ぎ、土間に降りると襷掛けをして手を洗った。恐ろしい物の怪に変化すると思っているのか、忠明は磨り潰しながら、カラに目を走らせている。興味津々という顔をしていた。

「変化しないのか」

いきなり率直な問いを投げた。

「その猫は、飼い主だった男に化けたと聞いた。受領の不正を暴くために、変化したとすれば、帝より褒美があって然るべき天晴れな猫となる。噂では、そういう流れになっているとか」

「事実でございますが、そのときに霊力を使い果たしてしまったのかもしれません。話しもしなければ、人に化けたりもしないのです。普通の猫とあきらかに違うのは、食べ物や水を口にしないことでしょうか」

「そなたの霊力を吸い取っているのかもしれぬな」

「はい。ですが、特に疲れを覚えたりはしません。おかしな言い方かもしれませんが、どうやってカラが存在しているのか、よくわからないのです。尾張様に化けた術が解けたとたん、消滅してもおかしくなかったと思うのですが」

「小鹿さんの霊力と晴明様のご祈禱（きとう）が、奏功したのかもしれぬ。カラは審議の場で主の無実を、訴えなければと思っているのではあるまいか。それまではと考えて、霊力を使わないようにしているのか。いずれにしても、愚かな人間どものことは、お見通しなのであろうさ。頭がよさそうな顔をしているゆえ」

　忠明の言葉を聞いたとたん、カラはニャアと答えるように鳴いた。会話を理解しているのは確かだろう。どちらからともなく顔を見合わせて笑った。

「受領の非道な行いが、なにかと問題になっているのは間違いない。そんな国守に愛想をつかしたのか、近頃、民は受領や郡司の支配から自立している由。わたしが聞いたのは播磨国（はりまのくに）（兵庫県）の話だが、農民の大部分は中央官庁である六衛府（えふ）の舎人（とねり）になってしまい、受領の徴税に従わなくなっているとか」

むずかしい話が出た。しかし、忠明が馬鹿にすることなく、対等に接しているのが伝わって嬉しくなる。懸命に考えた。

「受領の税の取り立てが、厳しいからでしょうか」

興味を引かれてもいた。御所雀の噂には、あまりのぼらない話であり、こういった事柄を問題にする女子は少ないようにも感じている。忠明の話は新鮮だった。

「うむ。今言った国では、富豪層と呼ばれる新たな有力者が台頭してきているようだ。徴税が厳しいため、そういう流れができるのは仕方ないのかもしれぬな」

「確かにそうでございますね」

諍（いさか）いが起きた結果、酷（ひど）い騒ぎが起きてしまった。審議のとき、一条天皇はカラに褒美を与えるつもりなのかもしれないが、木幡邦広の賄賂は官人にどれぐらい行き渡っているのだろう。それによっては、道長を含む大貴族が、動かないことも考えられた。

「丹波様。中宮様に処方していただいたのは、なんという薬草でございますか」

小鹿は話を変えた。竈の火加減を見ながら土瓶（どびん）の用意をしている。小皿に載せられた薬草を煎じる準備を調えていた。

「ヨメナを乾燥させた薬草よ。他にも何種類か加えたがな。気血（きけつ）のめぐりを良くして、身体全体を調えたいと考えたがゆえの薬草だ。中宮様は親王様をお生みあそばされた後、時々微熱を出されるようになったではないか。俗に言うところの産後の肥立ちが悪いのかもしれぬ。あるいは、色々とご心労がおありになるのか」

望まれた跡継ぎの親王を、生めば生んだで騒ぎが起きる。内親王であればよかったのかもしれないが、主上は親王の誕生を心から喜んでいるとも聞いた。自分ひとりの努力では、ままならないのが辛いところかもしれない。

「今、薬研で磨り潰しておられるのは、なんですか」

続けて訊いた。向学心を刺激されていた。かねてより、薬草には興味を持っている。育ての親だった白拍子が、怪しげな祈禱と一緒に薬草も処方していたのだが、訊いても教えてもらえなかったという悔しさがあった。

「これは充分に乾燥させた柿の木の樹皮だ。磨り潰して粉末にしたものは、怪我や火傷をしたときに服むのはもちろんのこと、傷口に塗れば早く血が止まるうえ治りも早くなる。少納言様より、常備薬として手許に置いておきたいと頼まれたのだ」

話すたびに白い息が広がった。土間と小上がりの床という造りの炊屋は、常に冷え込む場所だが、竈に薪をくべたので多少、暖かくなってきた。

「小鹿さん、寒くないか」

　忠明は気遣いをみせる。自分だけ火桶で手を温めていることを、申し訳ないと思ったのかもしれない。

「大丈夫です、竈の近くにおりますので。丹波様、わたくしのことは、小鹿と呼び捨ててください」

「わかった。そうさせてもらおう」

「はっきりしない天気のときは、わたくしも体調が今ひとつ、よくありません。中宮様の御異例、でしたか」

　自信がなくて問いかける。

「さよう。御異例だ」

「主上も御異例続きだったように思います。晴明様は、歯がお悪いようだと仰せになられていましたが」

　話しながら、自然にカラを見つめていた。耳がピクピク動いている。八重菊もそうだが、カラも雷には敏感だった。

「そろそろ雷が鳴るかもしれません」

「ほう、小鹿は雷が鳴るのを察知できるのか」

「わたくしではなくて、カラです。軽く毛が逆立っていますから。同役の八重菊さんも、落ち着かない様子でした。当たるんですよ、雷占いが」

「雷占いか」

笑って、続ける。

「恐がるのは犬も同じだ。猫よりも、ひどいかもしれぬ。中宮様の飼い犬・翁まろは、とうの昔に縁の下へ潜り込んでいた。震えが止まらぬ様子であったな」

「ああ。それで、翁まろの姿は見なかったのですね。いつもは、カラを付け狙って、庇にあがってきたりするのですが」

水瓶の水が残り少なくなっている。雨になる前に汲んでおいた方がいいだろう。降り方にもよるが、だいたいにおいて井戸水はひどく濁る。

「水を汲んできます」

小鹿は言い置いて、炊屋の戸口から外に出た。すぐ近くに井戸が設けられているのも、ありがたいことだった。主上の気配りだとすれば、本当に行き届いている。勝手口の前に広がる竹林もまた、なにかと役に立つだろう。強風を受けて竹がしなっていた。

ザワザワと音がしている。

――空模様が、いよいよ怪しくなってきたわ。

急いで桶に水を汲み、二往復して水瓶を満たした。

戸を閉めようとしたとき、

「申し訳ありません」

女の声が、外からひびいた。

四

「はい？」

小鹿は閉めかけた戸を開ける。外には、地味な色目の小袖に羅（うすもの）を被（かぶ）った老女が、ひとりで立っていた。嵐が近づき、空気が湿っているせいかもしれない。高価な香の薫りが流れてくる。それなりの地位に就（つ）いていた、もしくは今も就いている後宮の女に思えた。

年は七十、いや、八十ぐらいだろうか。髪はすべて白髪になっており、被った羅越しに透けて見える顔には、深い皺（しわ）が刻まれていた。

――藤袴様。

小鹿はいやでも思い出している。後宮にはせいぜい十人ほどしか老女――お年召し様はいない。胸が痛むのを覚えた。

「丹波忠明様は、おいでになりますか。今日はこちらにいらっしゃると伺いまして」

言い終わらないうちに、忠明自ら戸口に来た。

「用意しておきました。なにかありましたときには、いつでも使いを寄越してください。早朝でも深更でもかまいません。すぐに駆けつけます。強い薬ですから服用は慎重になさるのがよろしかろうと存じます」

持っていた袋を差し出すと、女は弱々しい声で「はい」と答えて受け取る。すぐさま踵を返して竹林に消えた。

——どなたなのかしら。

亡くなった藤袴と同じぐらいの年齢であることからして、お年召し様なのかもしれない。暗灰色の雲が流れる空は、近づく嵐を知らせるかのように風がさらに強くなっている。小鹿は戸を閉めて土間に戻った。

「今のお方は」

つい問いかけている。

「お年召し様の、桔梗（ききょう）様よ。しばらくご実家に戻られていたようだが、藤袴様が亡くなられた後、お戻りあそばされた。仲がよかったように聞いている」

「藤袴様と……そうでしたか」

ともすれば、哀しみにとらわれそうになる。ぐぅっと込みあげてきた感情を懸命に抑えた。沸かした湯を土瓶に移して薬草を煎じ始める。

「どれぐらい煎じればいいですか」

「ちょうどよいときが来たら教える」

「わかりました」

答えて、あとは竈の火加減に集中する。カラは寛(くつろ)いでいる様子だったが、時折、天井に目を走らせた。荒れ模様の空は見えないだろうが、強風と雷の気配を感じているに違いない。相変わらず耳が忙(せわ)しく動いていた。

「失礼いたします」

今度は庇に続く戸の向こうで声がひびき、正装の女房が入って来る。小鹿も顔を知っている相手は、左大臣・道長付きの女房だ。忠明はふたたび用意しておいた包みを持って立ちあがる。二言、三言かわして戸を閉めた。

──消渇(しょうかち)（糖尿病）の薬かもしれない。

と、勝手に推測する。小鹿は心の中で道長のことを「赤鼻の左大臣様」などと揶揄(やゆ)しているが、かなり強い薬を服んでいるようだった。

服石と呼ばれるそれは、不老長寿の仙薬とされている。だが、材料となるのは砒素や水銀といった鉱物系の薬だ。貴族たちは密かに服用しているようだが、危険なのは言うまでもない。

――ここに丹波様がおいでになるのを知っているのね。

その後も、入れ替わり立ち替わり、女房や下方の女子が訪ねて来た。あらかじめ知らせを受けていたと思われる忠明は、顔を見ただけで用意しておいた袋を渡した。加持祈禱を尊び、医薬による治療を『さかしら』と蔑む者たちが、じつはこうやって薬師を頼りにしている。

「裏では、あれこれ言うのに」

思わず本音が、口をついて出た。何人めかの客を見送った忠明は、驚いたように振り返る。そして、ゆっくり苦笑いを浮かべた。

「たとえ『さかしら』と蔑まれようとも、病人が求める薬を調合するのがわれら薬師の役目。言うておくがな、わたしは加持祈禱を否定してはいない。両方をうまく使えば、病が軽く済んだり、早く治るのは間違いないだろう。さまざまなことに対応するべく、常に心は柔軟にしておくのが肝要だ。とらわれてはならぬ」

その言葉が、すっと心に届いた。病人に寄り添う労りも感じられた。まだまだ客が来るのだろうか。忠明は積みあげられた袋から、薬草を出して量り始めた。

――人目を忍ぶように、ここへ来るのは。

他者には知られたくない病の持ち主が、多いのかもしれない。磨り潰した柿の樹皮は、薬研に入ったままだった。

「袋に入れても、かまいませんか」

小鹿は薬研を指して訊いた。

「頼む。少納言様に、お渡ししてくれぬか」

「承知いたしました」

「中宮様の薬湯は、そろそろ濾しても……すまぬ。あれこれ一度にやるのは無理だな。柿の樹皮を袋に入れるのはあとでよい。先に薬湯の用意を」

「はい」

煎じていた薬湯を、濾して湯呑みに入れた。大きさの合う小皿を蓋代わりにしたとき、ちょうどよい案配に顔見知りの女童が取りに来る。盆に載せて持たせた。

「熱いので気をつけてください。そろそろとゆっくり運ぶように」

「はい。外はもう嵐です、風がすごくて」

「春とは名ばかりの時季に嵐が来るとは、本当におかしなことです。申し訳ないのですが、八重菊さんに言伝をお願いできますか」

「はい」

「お願いした文書を殿舎に移すのはやめて、文車と殿舎の戸を閉めてください、と。万が一、雷が落ちたら危ないですから」

「承知いたしました」

会釈して歩き出した女童を、小鹿は少しの間、見送っていた。たいした距離ではないが、それでも恐るおそるという感じがした。ゴロゴロと不気味な遠雷が、轟き始めている。震えが止まらないカラを抱きあげると、するりと狩衣の胸元に潜り込んだ。

「あ」

「良い場所を見つけたではないか。小鹿も温かくていいだろう」

忠明は笑ったが、すぐに顔を引き締める。遠雷だったものが、突如、頭上でドーンッとひびいた。小鹿は思わず首をすくめ、カラはいっそう深く狩衣にもぐる。首に巻きつくと危ないので繋いでいた碇綱を外した。

「京はまた、洪水になるかもしれぬな。大風と洪水、地震、そして、これらの発生と同時に起きる疫病の流行。疱瘡（天然痘）や赤斑瘡（麻疹・はしか）の薬草も、準備しておいた方がよいかもしれぬ。京はすぐ水浸しになるゆえ」

「わたくしは何度も水浸しに遭いました。御所にあがる前は、京の貧民街にいたのです。家の屋根にのぼって危うく難を逃れたのも、一度や二度ではありません。屋根が抜けてしまい、落ちたこともあります」

正直に貧民街育ちだと告げたが、忠明は特に興味を持った様子はなかった。

「そうか」

さらになにか言おうとしたようだが、つまらない慰めは逆に傷つけるとでも思ったのか。並べられた袋から薬草を出して磨り潰し始めた。疱瘡や赤斑瘡用の薬草だろう。秤を使わないのは、慣れているからなのか。甘草や鬱金、芍薬というまだ読めない漢字が、袋に書かれている。

小鹿がじっと袋を見つめていることに気づいたのかもしれない、

「漢字は読めるのか？」

率直な問いを投げる。侮蔑や馬鹿にした様子はなかった。

「いえ、一から十までの数と、あとはもう本当に簡単な漢字だけです。まだ、ほとんど読めません」

「平仮名はどうだ？」

「だいたい読めます」

「それでは漢字の横に、平仮名でも書くようにしておこう。そうすれば、ついでに漢字も憶えられるからな」

好意的な言葉を聞いて有頂天になりかけたが、身裡に巣くう天の邪鬼が警告を投げる。おそらく少納言に、小鹿への薬師指南を頼まれたに違いない。それに助手役が中宮の側にいれば、なにかと役に立つのは確かだ。

雷鳴はいっそう大きくなり、風が戸を揺らしている。ともすれば恐くて叫びそうになるが、会話に心を向けた。

「お気遣い、ありがとうございます」

あたりさわりのない返事の後、

「なぜ、いつも京は洪水になるのでしょう。京全体を高い塀で囲ったりして、防げないのでしょうか」

気をまぎらわせる疑問を振った。

「洪水になるのは京の内外に、多くの河川が流れているからだ。北から南に、つまり、高い方から低い方に水は流れる。京の郊外を流れる二つの河川、鴨川と葛野川は氾濫を繰り返し、民は大きな被害を蒙ってきた」

これまた、初めて聞く話が出る。小鹿は好奇心を刺激されていた。

「知りませんでした。言われてみれば、北から南へはゆるやかな下り坂になっているような気がします。御所は、高い場所に設けられているのですね」

「そうだ。おそらく、それが原因なのだろう。よく雷が落ちる。高い木や建物が、被害に遭うような気がするのだが」

叩きつけるような強風が、格子窓や戸を揺らしていた。カラは胸元に潜り込んだまま、顔を出そうとはしない。吉平がいれば身体を寄せられただろうが、今はカラの温もりで我慢するしかなかった。

恐怖を押しのけて話を続ける。

「繰り返しになりますが、高い塀を設けて京を守れないのでしょうか」

「それができればよいがな。費用やどれぐらいの風雨に耐えられるか、まったくわからないのだ。たやすい話ではない」

「氾濫するがゆえに、橋を架けないのでしょうか。鴨川の橋は韓橋しかないため、とても不便です。主上や法皇様が渡るときのみ、『浮橋』が設けられるのは聞いたことがありますが、この目で見たことはありません」

「浮橋は事実だが、しょせん仮設の橋だ。民の役には立たぬ。大風や洪水の後に」

不意に言葉を切る。ドドーンという雷鳴が、地面を揺らした。忠明の言う通り、御所は雷が落ちやすく、そのせいで火事になったりもする。

「近くに落ちましたね」

小鹿の問いに、忠明は小さくうなずいた。

「うむ。火事にならねばよいが」

ここにいろと仕草で告げ、庇に出る戸をわずかに開けた。一寸（三センチ）ほどの隙間なのに、薬草を入れた袋が強い風に押されて動いた。忠明は急いで戸を閉める。

「火事だという叫び声はしないが」

「いやな感じがします」

呟いた小鹿の胸元から、ひょこっとカラが顔を覗（のぞ）かせる。同意したように思えたとき、庇に続く戸がいきおいよく開いた。

「小鹿っ、無事か!?」

吉平が飛び込んで来る。小鹿が恐がっていると思ったのか、なぜか乙麻呂も一緒だった。

「はい、大丈夫です」

心底、安堵（あんど）した。どこか頼りない吉平が、これほど頼もしく思えたことはない。さらに乙麻呂までいるとなれば、嬉しくて胸がいっぱいになる。案じて様子を見に来てくれたのであれば、これ以上の喜びはなかった。

「よかった。凄い雷だからな、乙麻呂殿ともども案じていたのだ」

表情はゆるんだものの、険しい目つきは変わらなかった。吉平と乙麻呂は、真っ直ぐ小鹿を見つめていた。

「なにか？」

「心を落ち着けて聞け、小鹿。八重菊さんが、雷に打たれた。父上が側についているのだが、受け答えはまったくできない。完全に意識を失っている」

五

「えっ」

小鹿は絶句して棒立ちになる。頭が真っ白になってしまい、身体が動かなかった。一緒に来た乙麻呂は、無言でいったん庇に出て行く。

吉平は忠明に目を向けた。

「おいでいただけますか、丹波様。診（み）ていただきたいのです」

「いや、ここに連れて来てください。意識がない状態ならば、その方がいいと思います。一刻を争うときですので、どうか八重菊さんをここへ！」

「わかりました」

吉平が出て行くのを、小鹿はぼんやり見つめていた。八重菊が死にかけている、椿と同じように死んでしまうかもしれない、自分のせいだ、わたしはだれかを不幸にして生きるのか、だれかを不幸にしなければ生きられないのか。

忠明が何度も呼びかけていたが、

「え？」

何度目かでやっと目をあげた。

「しっかりしろ。そなたの助けがなければ、八重菊さんは救えぬ。力を貸してくれ、小鹿。八重菊さんは、この薄縁に寝かせて手当てをする。竈の火は、まだ、落としておらぬな」

「は、い」

「空いている瓶に竈の灰を移してくれぬか。温かい灰、熱いほどの灰が要るのだ。その間にわたしは、薬草の準備を調える」

「わかりました」

言われるまま、小鹿は土間に降りた。雲の上を歩いているような、フワフワした感じがある。空いていた瓶に、竈の熱い灰を移した。素手でやっていることすら自覚がない。小鹿を衝き動かしているのは、贖罪の気持ちだった。

――わたしの命をあげます。どうか八重菊さんを助けてください。

だれに祈っているのかはわからない。神か鬼か、宮廷陰陽師なのか。灰を入れた瓶を小上がりに置いて、床にあがる。

「連れてまいりました！」

吉平がふたたび飛び込んで来た。戸板に乗せた八重菊を、乙麻呂を含む何人かの男衆が運び入れる。晴明と少納言、さらにひとりの女房も一緒だった。

「ここに寝かせてください」

忠明が示した薄縁に、乙麻呂が、抱きかかえた八重菊をそっと横たえる。顔は雪のように真っ白で両目は半眼、どこを見ているのか、焦点が定まっていない。手足も顔色同様、血の気を失っていた。

「晴明様と吉平様以外の男衆は出て行ってほしい。少納言様、手伝ってください。着ているものを脱がせてほしいのです。晴明様たちは、ご祈禱をお願いいたします」

「承知いたしました」

晴明の答えを、少納言が継いだ。

「かしこまりました」

女房とともに襷掛けをして薄縁の傍(かたわ)らに座る。護摩壇(ごまだん)などはないが、晴明親子は左右に分かれて早くも呪文を唱え始めた。少納言と女房は、手際よく八重菊が着ている小袖や下衣類を脱がせていく。

「死なないで、死なないで」

小鹿はまさに呪文のごとく、同じ呟きを繰り返している。傍らには竈の灰を入れた瓶を、しっかり抱え込んでいた。

着物や下衣を脱がされた八重菊の、穢(けが)れない裸身があらわになる。まだ固い蕾を思わせる乳房と女童のような下半身が、薄暗い炊屋では痛々しいほどに生白かった。

「次は、竈の灰を」

忠明に言われて、小鹿は重い瓶を運んだ。

「灰は、八重菊さんの身体を温めるのに用いる。身体全体を包み込むように置いてくれぬか。とにかく、温めるのだ」

「はい」

小鹿は瓶の灰を、八重菊の身体に塗りつけるように置いた。少納言は女房と手伝おうとしたが、はっとしたように息を呑む。

「小鹿、そなた」

そう言いかけてやめた。いったん土間に降りた女房が、急いで十能を持って来る。それで素早く灰を取り、八重菊の身体に移して行った。少納言は灰を貼りつけるように白い裸身に押しつける。

「生き返ってくれ、八重菊さん。戻って来い」

忠明は火桶の火を使い、八重菊の臍に灸を据えた。その間も小鹿は、素手で灰を掬っては身体に移して固めるように押した。温めるのが唯一の蘇生法なのか。八重菊の心ノ臓は、動き出すのだろうか。

「火桶をもっと用意しましょう」

少納言の言葉を聞き、「わたくしが」と女房が立ちあがる。晴明と吉平の呪文は、さらに熱を帯びて力強い韻を踏んだ。忠明は臍だけでなく、頭や胸にも灸を据える。竈の灰や運び込まれた火桶の熱が、炊屋を暖め始めていた。

——生き返って、八重菊さん。

小鹿は、手を握り締めて祈った。もし、自分に霊力があるならば、すべてを与えてもいい。椿のように死なせたくない。

しかし、八重菊の白い顔に血の気は戻らなかった。小鹿は諦めきれずに呼びかけようとする。それなのに声が喉で止まってしまい、名を呼べなかった。

――八重菊さん！

精一杯、叫んだ、心の中で名を呼んだ。忠明は手首で脈をとっているが、唇を真一文字に引き結んでいた。意識がない状態はすなわち、心ノ臓が止まった状態ではないのか。まだ諦めてはいないだろうが、駄目かもしれないと思っているようにも感じられた。

――戻って来て。

小鹿が祈った刹那、

「八重菊さんっ」

カラが胸元から顔を突き出して叫んだ。小鹿そっくりの声であり、強い力がみなぎっていた。と、八重菊の胸がかすかに動き、ふぅーと大きく息を吐く。半眼のまま、うっすら目を開けた。黒目はまだ茫洋としていた。

「八重菊、聞こえますか。わたくしがわかりますか」

少納言が耳もとに唇を寄せて呼びかけた。弱々しくではあったものの、八重菊は何度か瞬きする。焦点の定まらなかった目が、少納言から小鹿に移った。

「あ、あぁ」

大きく深呼吸する。喜びのあまりだろうか、一筋の涙が頰を伝って流れ落ちる。雪のように白かった頰に、うっすら赤みが差してきた。手首の脈を取っていた忠明の、強張(こわば)っていた顔に笑みが浮かんだ。

「助かった、戻ってきた」

薬師の目にも涙が滲(にじ)んだ。

「祖父の秘伝なのです。試したことはありませんでしたが……よかった、本当に」

晴明と吉平は、祈禱を続けている。甦ったとはいえ、元通りになるには時がかかるだろう。力を与えるべく、呪文を唱えているようだった。

「よかったです、本当に」

小鹿は、あふれる涙を拭(ぬぐ)うのも忘れていた。大きな感動で胸が震える。心が熱い。薬師の凄さを実感していた。忠明に伝えたいのだが、うまく言葉にならなかった。

「小鹿、手を」

不意に少納言が言った。

「え？」

「無我夢中だったのでしょうが、自分の手をご覧なさい。素手で竈の熱い灰を、瓶に移したのではありませんか」

「え」

そこで初めて両手の火傷に気づいた。素手で灰を持ったのが信じられない。わかったとたん、痛みを覚えた。

「ヒリヒリします」

「あたりまえですよ。ちょうど良い具合に火傷にも効く薬草を、丹波様に処方しておいていただきました。さっそく使うことにいたしましょう」

「わたしよりも、八重菊さんを」

「こ、小鹿さんの」

掠(かす)れた声で、八重菊は言った。小鹿は負担を軽くしようと思い、口もとに耳を近づける。ささやくように告げた。

「夢に小鹿さんが出てきました。十二単衣を着て美しかった。手招きをしていたので、そちらへ行こうとしたら」

こちらに戻ったらしい。小鹿はいやな感じを覚えた。手招きしていたのは、文緒ではないのか。まさか、雷を操って八重菊を殺(あや)めようとしたのか。いや、そもそも天気を操ることなどできるのだろうか。

「晴明様、吉平様。ご祈禱を続けてください」

小鹿は力を込めて言った。あのとき、カラが小鹿の声で八重菊の名を叫んだのは、危険な気配を察知したからかもしれない。

「とにかく、火傷の手当てを」

少納言の言葉で両手を差し出した。もしかしたら、文緒やその仲間は、すでに御所へ入り込んでいるのではないか。あるいは、『申(さる)の亀』を仕掛けたのは……。

答えるように、カラがニャアと鳴いた。

第五帖　特別な場所

一

だれかが泣いている、泣き声が聴こえている。

「あなたはだれ？　なぜ、泣いているの？」

小鹿は問いかけながら、これは夢だと心のどこかで思っていた。かなりの火傷を負った両手が、痛まなかったからである。

靄がかかったような世界を、ひとりで歩き続けた。泣き声は子どものように思えた。居所をとらえようとして耳に意識を集中するのだが、遠くなったり、近くなったり、場所をとらえられない。

「どこにいるの？」

何度目かの問いを投げたとき、不意に周囲の景色が鮮明になった。と、目の前で五、六歳の童女が泣いている。座り込み、うつむいているので顔はわからない。

――わたしだ。

唐突に思った。顔は見えないのに、決めつけていた。いつも泣いていた、母が恋しくて呼んだ。育ての親の白拍子に、怒られるとわかっていても、泣いた。

――もう大丈夫、安心して。希望を捨てては駄目よ。

童女に手を伸ばしたとき、

「…………」

小鹿は硬直した。ちらりとあげた童女の目に、心を射貫かれてしまう。暗い思念が流れ込んできた。聴こえたのは叱りつける声と甲高い泣き声、終わることのない冷ややかな言葉、そして、次に視えたのは……鎧姿の男たちだった。

「おれは、藤原保輔だ。捕らえられるものなら捕らえてみるがいい」

若い男は出家したのだろうか、剃髪していた。まだ鎧姿なのは慌てて出家したからかもしれない。かつての親友がいまや追っ手となっている。さらには手下だった男もまた、追捕隊に加わっていた。

「抵抗するな、保輔。わたしはおまえを殺めたくない」

友だった男が警告する。

「さよう。おとなしくするがよい。この手を汚すのは、ご免だからな。観念しろ、藤原保輔よ」

手下だった男は嘲笑っていた。もはや、これまでと保輔は鎧を脱いで刀を取り出すや、その場に座る。ふんっと声をあげた刹那、自分の腹に刀を突き立てた。あふれ出る大量の血、保輔は切り裂いた腹から腸を引っ張り出した。

「な、なにを」

怯むかつての友を尻目に、腸を投げつける。叫ぼうとしたようだが、すでに意識を失っていたのだろう、藤原保輔はゆっくり倒れていった――。


「痛いっ」

小鹿は、飛び起きた。夢の続きの痛みがまだ続いている。右手で腹を押さえていた。カラを膝に抱いた吉平が、案じるような顔で覗き込んでいた。

「無理をしてはならぬ。両手の火傷や八重菊さんの騒ぎで、少し熱が出たようだ。少納言様からは、ゆっくり寝むようにと言われておる」

吉平は言い、そっと横たえた。

同調していたに違いない、

「いやな夢を見たな」

なかば断定しながら額の汗を拭いてくれた。蘇生した八重菊は、療養のため実家に帰ったのだが、安堵したとたんに小鹿は体調をくずしてしまい、床に就いて丸二日、いや、三日目だろうか。吉平はまめまめしく看病していた。

少納言や女房は、まだ、寝んでいるのかもしれない。そろそろ夜明けを迎える頃だろうが、殿舎は静まり返っていた。

「気味の悪い夢でした。藤原保輔様が、様をつけてよいのかどうかはわかりませんが、公家の方を呼び捨てにはできませんので敬称をつけます。藤原保輔様が、追い詰められてご自害した光景が視えました。剃髪なさったうえで、お腹を刀で切り裂いたのです。なにかを引きずり出して」

ふたたび疼いた腹を両手でさすった。熱はさがったようだが、泥沼に沈んでいるかのように身体が重い。起きあがりたくなかった。

そんな気持ちを察したのか、カラが掛け布団代わりに使う小袖の下に潜り込んできた。妖怪呼ばわりされるが、ちゃんと人のような体温が伝わってくる。温かい。

「ふぅむ、そなたが視る光景は、ずいぶんと正確だな。確かに藤原保輔様は、ご自分で腸を引きずり出した挙げ句、翌日、その傷がもとでみまかられた。獄中での壮絶な最期であったと聞いている」

吉平が言った。

「友や手下だった男に、裏切られたというのは」

「まことだ。親友だった藤原忠延様が、密告したとされている。さらに追捕隊の頭役になったのは、つい先日までは手下だった足羽忠信様よ。少なからぬ衝撃を受けたのは間違いあるまい。もはや、これまでとなるであろうさ」

「なぜ、わたしは、会うたこともない藤原保輔様の夢をみたのでしょうか」

心からの疑問が出た。

「最初は、童女の泣き声が聴こえたのです。幼かった頃のわたしのように感じましたが、言い切る自信はありません。それがいつの間にか、藤原保輔様の場面に変わっていたのです」

疑問には恐怖に近い感情が込められている。当然、吉平も気づいているだろう。泣いていたのはだれなのか、藤原保輔に変わったのはなぜなのか。頭に浮かんだ女子は、もしや、藤原保輔を名乗る者と一緒にいるのだろうか。

「文緒か」

吉平は親しげな呼び方をする。一時（いっとき）とはいえ、褥（しとね）をともにしたことのある相手だ。そのときに小鹿を授かったのかどうか、定かではないのに、吉平は小鹿を娘だと常に言い切る。

断言されるたび、いつも大きな愛に包まれているのを感じた。

「はい。これは、わたしの考えなのですが」

躊躇（ためら）いが先に立っていた。また、言葉にすると現実になってしまうのではないか、という不安もある。吉平は促した。

「かまわぬ。思いつくまま、言うてみよ」

「もしや、すでに御所に入り込み、だれかになりすましているのではないか、と」

どうしても声が沈みがちになる。なりすましているのはすなわち、文緒の恐ろしい外術（げじゅつ）『妖面（あやおもて）』を用いた結果だ。だれかが殺められて、貌（かお）を剝（は）ぎ取られたのではないか。文緒が御所のどこかに、潜んでいるのではないか。

視えない『眼（まなこ）』を感じていた。

「ありえぬと言い切れないのが、なさけないところよ。眼前の問題、尾張浄人様の件だが、それだけでも早く片づけたいものだ」

「そういえば、晴明様は」

思い出して訊いた。夢現で晴明や上村主乙麻呂が何度も様子を見に来たのは、かすかに憶えている。御所は宮廷陰陽師に守られていると信じたい。稀代の陰陽師の霊力をもってすれば、不気味な外術など通用しないと……。

「父上は、文車におられるのではあるまいか。藤袴様が遺した先例の文書を調べておられる。こたびの案件、『金華猫騒動』に似た事例がないか、文書の山と格闘中よ。齢八十を超えた年寄りゆえであろうか。十代の頃、似たような金華猫騒ぎを聞いた憶えがあると言われてな。先例の文書を調べる気持ちになられたようだ」

「こうしてはいられません。わたしもお手伝いをしなければ」

起きあがろうとしたとたん、止められた。

「ならぬ。言うたではないか、少納言様に言われたのだ。ゆっくり寝み、身体を恢復させなければ」

「似たような騒ぎを、見つけられればいいのですけれど」

吐息まじりの言葉が出る。

「武蔵国から陳情の民も来ているではないか。さらに、武蔵国に遣わした者が戻れば、真実がわかるだろう。そろそろ審議が執り行われるかもしれぬ。尾張浄人様が無実だという証を立てたいが、指揮を執っているのは左大臣様だ。さらに実務を取り仕切っているのは、蔵人頭の藤原行成様。はてさて、どうなることやら」

「不安があります」

告げるや、小袖の下に潜っていたカラが出て来る。自分も同じなのだと言いたいようだった。

「そう、カラもね」

撫でて気になっていることを問いかけた。

「晴明様の霊力、せきふ、でしたか？」

「射覆だ。容れ物に隠した物を占いによって当てることよ。父上が得意とする技のひとつだが」

吉平は答えて、微妙な間を空ける。

「射覆で『妖面』を視破れるかと問われれば、試したことがないゆえ、わからぬとしか答えようがない。おかしな気配に気づければだがな。椿さんは貌を盗まれて木偶人形にその貌を貼りつけられたが、わたしはもちろんのこと、父上も気づかなんだわ」

「あのような外術があること自体、晴明様自身、うろ覚えだったからだと思います。少なくとも今は警戒していますから」

本当に警戒していれば視破れるのだろうか。はなはだ心もとなかった。言い淀んでいるのを察したのかもしれない、

「他にもまだ、気になることがあるのか」

吉平が率直な問いを投げた。

「繰り返しになりますが、わたしは御所に咎人の多治比文緒か、彼の者の仲間が潜り込んでいるような気がするのです。名無しの文のことは、憶えていらっしゃいますか」

「うむ。そなたに届いた文に記されていた和歌だな。『古今集』に載せられた一首をもとにしたものではないかと、少納言様も仰せになられたように憶えているが」

「そうです」

同意して、その和歌を諳んじた。

美作に咲くやこの花冬ごもり
　今を春べと咲くやこの花

「正しくは『美作』ではなく『難波津』のようですが、わたしはこの箇所、美作が気

になってならないのです。はじめは咎人が隠れ住む場所かと思いましたが、もしかしたら、御所に奉公する女房や下方の出身地ではないのか、と」

どうしても「母」や「文緒」と素直に名を言えなかった。他人行儀に咎人と告げることで懸命に心の均衡を保っている。

血の繋がりはあるかもしれないが、気質まで同じではない。自分は彼の者とは違う。言い聞かせながらでなければ、文緒の話は口にできなかった。

「美作生まれの奉公人か」

「そう思わせるための策かもしれませんが、わたしは美作とわざわざ入れたのが引っかかるのです」

「小鹿は、細かいことをよく憶えているな。わたしはとても真似できぬわ」

吉平は驚きながらも、一歩進めた考えを口にする。

「そして、文緒はその美作生まれの者に外術を施して、だれかに仕えさせた」

「あるいは」

継いだ小鹿を、吉平は早口でさらに継いだ。

「自ら剝ぎ取った貌を着けて、御所に潜り込んでいるのか？」

「はい」

躊躇いには、吉平のやさしさや純粋な想いが見え隠れしていた。我が娘まで生んだ女子が、死ぬかもしれないとは考えたくなかったのだろう。

「だが」

剝ぎ取った貌を着けた藤袴は死んだ。しかし、文緒が同じことをしても、命までは失わないかもしれない。外術を使う当人なのだ。影響は少ないのではないだろうか。

「先程の和歌だが、わざわざ答えを教えるようなことをするだろうか。考え過ぎのような気がしなくもない」

吉平は、不吉なざわめきをしずめるためか、和歌に秘められているかもしれない答えを否定しにかかる。

「覚悟を決めているとしたら？」

小鹿の問いに、純朴な男は黙り込んだ。

「……………」

あるいは、捕らえられない自信があるのか。挑発しているのか。どんな咎人であろうとも、吉平は文緒が死ぬことは考えたくないのかもしれない。

まだ、愛があるように思えた。

二

「藤原保輔様の名を騙る者は、咎人の仲間だと思います」

　小鹿は起きあがって話を続ける。

「これも推測ですが、咎人の島脱けを助けた者なのか。義賊の真似をしていると聞いたとき、わたしは真っ先に彼の者を思い浮かべました。厳しすぎる考えかもしれませんが、いかにもやりそうな気がしたのです。悪知恵が働くというか」

「もうよい」

　吉平は耐えきれない様子で片手をあげた。

「そなたの言う通りなのかもしれぬが」

　認めたくない、さらに娘から悪口を聞きたくないという気持ちが、表情に浮かびあがっている。いったい、吉平は文緒のどこに惚れたのだろう。素朴な疑問を向けた。

「なにが気に入ったのですか」

「う……いや、なんというか、その、当時、文緒が住んでいた館の隣家に招かれたことがあってな。父上がらみの祈禱依頼だったのだが、興味を持ったのかもしれぬ。祈禱の様子を見たいと言うて、なんというか、まあ、来たのだ」

あとはモゴモゴと口ごもる。吉平は正妻にと申し入れたのに、文緒はとりあわず、他の男君とも関わりを持った。生まれた赤児を案じた藤袴は、自分が育てると明言したものの、送り届ける途中で攫われてしまったらしい。

——愚かな女。

自分だったら絶対に、吉平の正妻になる。それとも若い頃は、魅力を感じないのだろうか。ふと乙麻呂と丹波忠明が甦る。

どちらを選ぶか。

浮かんだそれを慌てて打ち消した。

「とんでもないことを」

「む」

吉平が、意味ありげに笑った。晴明もそうだが、以心伝心なのがいいのか悪いのか。お互いにそう思っているに違いない。

小鹿は空咳をして話を戻した。

「和歌の件ですが、美作出身の奉公人、なかでも比較的、新しい奉公人が怪しいかもしれません。なんとかして、調べられないでしょうか。式占で、せめて十人ぐらいに絞り込めないですか」

「即答はできぬ。霊力というやつは気紛れでな。突然、視えたり、聴こえたりするかと思えば、まったくわからないときもある。父上に伺ってみるしか……」

　途中で庇の方を見やった。見張らせていた式神が、訪れを伝えたのかもしれない。ほどなく、晴明が現れた。

「晴明様」

　小鹿は慌てて居住まいを正した。カラも隣に畏まる。晴明は笑って、「そのまま、そのまま」と言った。

「横になっておればよい。無理をしてはならぬ」

「いえ、もう大丈夫です。火傷も湿布をまめに取り替えていただいたお陰で、治りがとても早いのです。ほとんど痛まなくなりました。お二人のご祈禱と、丹波様の薬草や薬湯が効いたのだと思います」

「それは重畳」

　晴明は座って、吉平を見やる。

「白湯と火桶ぐらい用意せぬか。見ろ。吐く息が真っ白ではないか。病み上がりの小鹿はむろんのこと、わしも年相応に寒さを覚えるわ。気の利かぬことよ」

「は。申し訳ございません」

吉平は苦笑いして、立ちあがった。夜が明けてきたため、屏風と几帳をずらして障子や戸を開ける。明るくしたうえで炊屋に向かった。申し訳ありませんと、小鹿はますます恐縮する。いつもなら自分が用意しておくものを、吉平にこんな思いをさせてと、ままならない身体が歯痒かった。

「つまらぬことを気にするでない」

晴明が言った。

「吉平との話に出た和歌の件については、式神を通じて把握しておるゆえ説明はいらぬ。とにかく、先例じゃ。さよう、わしが十七、八の頃に化け猫の怪異を聞いた憶えがあってな。六十年以上前の話だが、遡って文書を調べてみたところ」

懐から文書を出して、広げた。茶色く変色した紙が、年月の長さを示している。骨ばった指で一部を指した。

「これじゃ。化け猫の仕業と称して、仕事仲間を殺めた罪を免れようとした男の咎人。このときも化け猫が出現したらしゅうてな。わしのような見習い陰陽師までもが駆り出されて、祈禱や祓いを執り行った」

「化け猫が本当に現れたのですか」

小鹿の膝に来たカラは、興味津々、首を伸ばしている。話を聞き取るためなのか、耳をぴんと立てていた。

「現れた。もっとも、陰陽師や呪禁師にしか視えぬ物の怪であったがな。何人かの宮廷陰陽師は、仕事仲間を殺めたのは化け猫に非ずという答えを得た。当時の官人方は帝に指示を仰ぎ、偽りを進言した男を流罪とした」

「化け猫が視えなかったのに、そのときの帝は宮廷陰陽師の託宣を信じたのですね」

「うむ。賄賂を受け取らぬ術師を選んだとか。安倍家からもひとり、指名を受けて馳せ参じた次第よ」

「化け猫というのは、普通は姿が視えないものなのですか」

あらためて訊いた。カラの姿は帝や女房たちにも視えている。金華猫は化け猫とは違うのだろうかという疑問も湧いた。

「現れたり、消えたりするのが普通であろうな。こうやって常に視えるのは、カラが霊力を使うているからかもしれぬ。それゆえ、会話に支障が出ているのかもしれぬな」

カラがニャアと答えた。尾張浄人の騒ぎを訴えたことで、おそらく霊力のほとんどを使い果たしたのではないだろうか。わずかずつだが回復しているように思えるものの、金華猫が普通の猫のふりをするのは案外、大変なのかもしれなかった。

「八重菊さんを呼び戻せたのは、カラのお手柄です。なぜか、あのとき、わたしは急に声が出せなくなりました。喉をだれかに絞められているような感じになって、八重菊さんの名を呼べなかったのです」

「喉をだれかに絞められているような」

晴明は一部を繰り返して、顔をくもらせた。やはり、文緒ではないのだろうか。認めたくはないが、母娘である。いとも簡単に小鹿の様子を視、会話を聴けるのかもしれなかった。

「文緒は、八重菊さんの貌を使うつもりだったのかもしれぬ。つまり、雷に打たれたのを知っていた」

晴明の考えを、小鹿は驚きとともに継いだ。

「やはり、咎人は御所にいる?」

「うむ」

「晴明様。『申の亀』については、いかがですか。まさかとは思いますが」

問う声が、自然と囁き声になる。藤原伊周と隆家兄弟はどうなのか。高階光子の館に出入りしているのか。また、光子の館には、法師陰陽師の芦屋道満が訪れているのか。関わっていないと思いたいが、真実を知りたくもあった。

「高階光子様の館に、お二人が出入りしているのは間違いない。芦屋道満は離れを与えられて、館に住んでいるとか」

　晴明も声をひそめた。

「しかし、出入りしているだけで、謀反と決めつけることはできぬ。親戚の館を訪れているだけなのだからな。確固たる証拠を突きつけねば、たやすく認めぬであろう。ましてや、帝にとっては幼なじみ、鍾愛する中宮様のご兄弟でもあることから、左大臣様も攻めあぐねている感が無きにしも非ずじゃ」

　年齢を感じさせない星のように輝く目が、カラに向けられる。金華猫は帝への目通りを無事、果たしたが、審議のときに証言できるかどうか。

「八重菊さんを目覚めさせる叫びは放ったが、どうもカラの心が読めぬ。わしも金華猫と密接に過ごしたことはないゆえ、はてさて、どうなることやら」

　締めくくりの言葉を聞き、小鹿は思わず微笑んだ。顔はそれほどでもないのだが、親子は声と口調がよく似ている。血の繫がりを感じる瞬間だった。

「わたしは霊力が不安定なので、視えたり、視えなかったりします。あちらの式神は、飛んでいないのですか」

曖昧な表現をしたが、

「おらぬ」

晴明は即座に答えた。

「われらに気づかれぬよう、細心の注意を払っているのかもしれぬ。人間を使えば、密かにやり取りできるからな。それにしても、芦屋道満の式神すら視えぬのは、いささか奇っ怪なことではある。うるさいほどに飛びまわるのが常であるものを」

話しているうちに、女房や下方の女子が、火桶や白湯を運んで来た。湯呑みから立ちのぼる白い湯気が、朝の冷え込み具合を伝えている。話していても息は白くなるが、白湯は温度が高いせいだろう。いっそう白くなっていた。

「小鹿」

少納言が現れる。

「だいぶ顔色がよくなりましたね。火傷の痛みはどうですか。治ってきましたか」

と、晴明の隣に腰をおろした。

「はい。吉平様が付きっきりで看病してくださいました。そのお陰で火傷は、かなり恢復しました」

居住まいを正して、小鹿は少納言を見た。

「ひとつ伺いたき儀がございます。教えていただきました名無しの歌ですが、わたしは美作の地名が気になってなりません。どなたか美作生まれの、女房や下方はいないでしょうか」

「美作生まれ、ですか」

少納言は少し考えた後、

「生まれた土地ではないかもしれませんが、確か藤袴様はお子を生まれたとき、男君の母方の故郷である美作へ行って生んだと聞いた憶えがあります。四十を過ぎてからのお産だったことや、それ以外にも色々な事情がおありだったのかもしれませんけれど」

「藤袴様が」

思いがけない呼び名が出た。いや、こうやって聞けば、むしろ「なるほど」と思えたりはするのだが……小鹿は浮かんだ疑問を問いかける。

「なぜ、ご自身の里第（実家）ではなかったのでしょうか」

「そのあたりの事情までは、わかりません。すでに二親を亡くしておられたのか、里第と呼べる場がなかったのか。そうそう、言われて思い出しましたが」

少納言は鈍い女子ではない。

「そなた宛てに届いた名無しの文。難波津の部分が、美作に変えられていましたね。あれは、もしや、それを教える和歌だったのでしょうか」

しっかり憶えていた。

「わかりません。ですが、咎人にとって美作は、生まれ故郷と呼べる特別な場所なのかもしれないと思いました。それを伝えるために、和歌の一部を変えたのか。なぜ、わざわざ教えたのか」

最後の部分は、自問になっていた。吉平が静かに戻り、庇に座って物言いたげな目を向けている。晴明が促した。

「早う用件を言わぬか。目障りでならぬわ」

「失礼いたしました。小鹿を訪ねて来た者がおります。小鹿、いや、本名の文香と言ったとか。呼んでほしいと、大内裏の朱雀門の外で待っているようです。以前、来た伸也でしたか。彼の者だと思うのですが、いないと言っても帰らないようで」

深刻な顔が、厄介事だと告げていた。なにかを察したのだろう、カラが伸びあがって振り返る。一緒に行くと言われたように思えて、小鹿は少納言に頼んだ。

「狩衣に着替えたいと思います。支度を手伝うていただけますか。その者に会いたいと思います」

訪れた者が運んできたのは、吉か凶か。後者であることが、吉平の言葉にされない部分に込められていたように思えた。

三

朱雀門の外で待っていたのは――。

「伸也」

小鹿は、若者の姿を認めるや、懐の竹刀(あをひえ)を取り出していた。動きやすい狩衣姿にしたことを喜ばずにいられない。右肩にカラが乗っていたものの、重さはまったく感じていなかった。

突進して竹刀を突き出そうとした刹那、

「待て」

吉平がいち早く短刀で竹刀を止めた。ほとんど同時に、伸也はさがっている。道摩(どうま)法師を素早く探したが、ひとりのようだった。

「やっぱり、文香か」

伸也は、にやりと笑った。年は小鹿より二歳上だから年が明けて十八になったはず。

怒りを察知したカラは、右肩に乗ったまま、フーッと毛を逆立てている。間に立った吉平は、落ち着けと何度も仕草で示した。

「いきなり竹刀を突き出すとは」

吉平の言葉を、小鹿は遮る。

「伸也はわたしを」

最後まで言わなかったが、カラ同様、心を読んだに違いない。吉平は振り向いて短刀を喉に突きつけた。

「おまえが小鹿を」

「う、いや、あれは」

言葉に詰まりながらも懸命に反論する。

「あいつに言われたんだ、文香。命じられた通りにしたら、しばらくの間、盗みをしなくても飯を食わせてやるってさ。まあ、あいつもだれかに言われたらしいけどな。それに、おれは」

そこで黙り込む。あいつとは、育ての親の白拍子を指していた。名前を呼ぶ値がないとだれもが思い、いつからか呼ぶときは隠語で済ませるようになったのである。

「おれは、なに?」

曖昧に消えた語尾を追及したが、小さく頭(かぶり)を振る。

「なんでもない。すまなかったと思っているんだ。謝りたくて」

「来た？」

早く終わらせたくて冷たい言い方になる。竹刀を油断なく構えていたうえ、カラは右肩で毛を逆立てたまま睨(にら)みつけていた。吉平も短刀を鞘(さや)に納めようとはしない。

「そう、だな、ずっと謝りたかったんだ。あと、できれば、おれも御所にご奉公できないかと思ってさ。下働きでいいんだ、なんでもやるよ。口利きしてもらえないか」

「先日、一緒にいた法師はどうした？」

吉平は鋭く訊いた。奉公の話どころではない。油断なく、周囲に目を走らせている。

夜が明けたばかりの京は、忙(せわ)しげに商人が行き交い、通いの御所勤めの者が、朱雀門や他の門にやって来た。朝の冷え込みは厳しく、牛車(ぎっしゃ)の牛は鼻から白い息を吐いている。

京を東西に分ける朱雀大路の道幅は、約二十八丈（八十四メートル）、朱雀門前を横に延びる二条大路は、約十七丈（五十一メートル）と広かった。それでも道を埋めるほど門前には牛車が列をなしている。

大内裏へ入るためには通行証が必要だが、いくらでも偽物を作れることから、彼の者たちに紛れて御所に入り込むのは、さしてむずかしくはないだろう。

「法師様は、さるお方の館にいるよ。でも、おまえは用無しだから出て行けと言われたんだ。おれ、大食らいだからさ。飯代が馬鹿にならないと思ったのかもしれない。それで仕方なく」

憐れみを引きたいのだろうか、泣き顔のような表情になっていた。追い出されたふりをして、御所に入り込もうとしているのかもしれない。鵜呑みにできなかった。

「吉平様」

小鹿は直衣の袖を引き、朱雀門の内側に連れて行く。その間もひっきりなしに人が訪れていた。御用商人もいるのは間違いない。大内裏の一番南に設けられた朱雀門は、朝や夕方にはよく利用される。

広々とした朱雀大路を、商人の牛車や貴族の豪華な牛車が行き交うさまは、いかにも京の賑わいを思わせた。が、近頃は午過ぎになると、ほとんど人通りがなくなる。盗賊が横行するのも当然かもしれなかった。

「伸也を雇い入れるのは、やめた方がよいと思います。強く言って追い返してください。法師陰陽師に言われて来たのかもしれませんから」

「文緒たちの話を知っているかもしれぬ」

「それは……そうかもしれませんが」

　思わず口ごもる。同じ考えが浮かんだものの、文緒の話を出したくなくて言わないようにしたのだと、吉平の言葉と同時に悟った。つくづく嫌なのだと思い知らされてもいる。

「義賊一味は、道摩法師と組んでいることも考えられるではないか。儲け話のあるところ、彼の法師あり。話を聞いたうえで帰すのがよかろうさ」

　取って返そうとしたとき、先触れの者が朱雀門の前で叫んだ。

「源頼光様、ご帰還でございます」

　多治比文緒の追捕隊が、戻って来たらしい。おそらく夜通し探していたのだろう。盗賊が暗躍するのは深更と決まっている。報告のためにいったん帰還したのだろうが、武者装束をまとった一行は見事な馬に乗っていた。家紋を入れた鎧や矢筒が朝陽を浴びて輝いていた。

　頼光は疲れた様子もなく、四天王ともども大きく開けられた朱雀門の前に着いた。勇壮とは、まさにかれらを称する言葉に思えた。男子ならずとも憧れずにいられない。民は朱雀大路の端に退き、平伏していた。

　不意に右肩が、ビリリと痺れた。カラが緊張したのがわかる。小鹿は少し遅れて信じられない光景を目にした。

——伸也。

驚いたことに伸也は、騎馬武者の一行に駆け寄る。行った相手が頼光だったのは、大将だとわかったからなのか、装束がいちだんと美麗だったからなのか。

「おそれながら申しあげます」

その場にひれ伏して告げた。

「伸也と申します。追捕隊に加えていただきたく思い、ずっとお待ちいたしておりました。命を懸けてお役目に就きたいと考えております。なにとぞ、お聞き届けいただきたく思います次第」

嘘八百は得意芸のひとつかもしれない。偶然、居合わせたにすぎないものを、平然と偽りを申し述べた。たまらず、小鹿は伸也の隣に畏まる。慌て気味に吉平も、二人の後ろに平伏した。

「小鹿でございます。この者は、盗賊団の知己かもしれません。話を聞く程度に留めるのが、よろしいのではないかと存じます。仕官の申し出には、耳をお貸しなさらぬようお願い申しあげます」

言い終えて平伏する。

「小鹿か」

頼光の声が、高い位置から降って来た。

「話だけは聞こう。連れて来るがよい」

言い置いて、馬に乗ったまま、大内裏に入って行った。早くも動き出す民がいたものの、小鹿と吉平は追捕隊の最後のひとりが、門に入るまで平伏していた。顔をあげようとした伸也の頭を、後ろから吉平が押さえつける。カラが真似をして押さえつけていた。

追捕隊がいなくなった後、

「無謀な真似を」

小鹿は言った。なかば呆れていた。

「平民が貴族武官の方に直接、話しかけるのなど以ての外。馬に蹴り殺されても、文句は言えません。御所勤めを望むのならば、そういう定めを頭に刻みつけないと駄目です。簡単ではありませんから」

「は。えっらそうに」

言い放った伸也の頭を、吉平とカラが同時に軽く叩いた。さほど痛くなかったはずだが、大袈裟に顔をしかめてみせる。

「なんだよ、猫まで調子にのりやがって」

「調子にのっているのは、どちらであろうな。今日は追捕隊の隊長を務める源頼光様が、落ち着いておられたゆえ、あれで済んだ。なれど、小鹿が言うたように直訴（じきそ）はならぬ。まずは文書で願い出るのが定めだ。本当に御所勤めを望むのならば、だが」

吉平は、語尾に含みを持たせて立ちあがる。右に倣（なら）えの小鹿を見て、仲也は勢いよく立ちあがった。

「本当に望んでいるんだよ。まさか、あれが源頼光様とは知らなかったけどな。御所勤め、それも四天王や検非違使（けびいし）の部隊に入れれば、もう飯の心配をしなくて済むじゃないか。それだけでも、ありがたいよ」

最後の部分は本音に感じられた。薬師の丹波忠明も言っていたが、大嵐や地震、火事、そして、飢饉（ききん）と京はいつも不安定に揺れている。せめて朝晩だけでも食べられたらと、だれもが思うのではないだろうか。かつては小鹿もそうだった。

「約束はできぬ」

吉平は冷ややかに言った。

「いちおう話はしてみるがな。決めるのは、われらではない。頼光様であり、検非違使の隊長だ」

「カッコイイよなあ、頼光様と四天王」

　伸也は、的外れな答えを返した。話がずれていた。小鹿と吉平は、どちらからともなく目を合わせる。厄介事の運び手なのではないか。ただでさえ、御所では色々なことが起きている。これ以上の騒ぎはご免だった。

「頼光様へのお目通りは、話を聞いた後の方がよいかもしれぬ。たいしたことが得られぬとなれば、先程も言うたように幾(いく)ばくかの銭を渡して追い出すがよし、よ」

　吉平と小声のやりとりになる。

「わたしも、それがよいと思います。大内裏、いえ、そのへんで密かに話をいたしましょう。牛車の中でも、かまわないと思いますが」

　我ながら情のないことだと感じていた。無理やり、しかも一度だけだったとはいえ、男女の仲になった相手であるものを……。

「牛車を使うか」

　吉平は提案を受けた。

「式神で父上に知らせる。そして、家司(けいし)に命じて、うちの牛車をここまで持って来させればよかろう」

　言い終わる前に、朱雀門から牛車が現れる。なんと、今、話に出たばかりの晴明が窓から顔を覗かせた。

「吉平、小鹿」

「お見通しのようだな。いつになく、冴え渡っておられる」

「聴こえますよ、地獄耳の持ち主ですから」

小鹿は小声で継いだ。おそらく晴明は、引き続き占いを行い、文緒の居所を探していたに違いない。視つけられなかったのか、あるいは、大内裏や内裏に潜んでいるのか。源頼光の今ひとつ冴えない表情からも、咎人の話を得られていないことが察せられた。

「二人とも、聴こえておるぞ。いつになくとはなんだ、吉平。それに小鹿まで地獄耳などと言うでない」

「すみません」

小鹿は謝って、肩越しに伸也を見やる。

「牛車で話しましょうか」

「いいけどさ。だれだよ、あの爺さん」

稀代の陰陽師を顎で指した。知らないというのは恐ろしいと心から思う。また、見た目にとらわれてはならないと自戒した。

「宮廷陰陽師の安倍晴明様です。こちらは、跡継ぎの吉平様」

小鹿の返事を聞き、「えっ」と絶句する。あらためて吉平を見やり、そして、晴明をもう一度、見た。

「…………」

みるまに青ざめ、顔を強張らせる。唇をわななかせていた。

「偽りを言えば、即座に心ノ臓が止まるかもしれません。正直に話してください。いいですね」

笑みを浮かべながらの脅しを聞き、吉平は顔をそむけて笑いをこらえている。気づかない仲也は、真剣な目で答えた。

「わ、わかりました」

「そこの男」

晴明が牛車の窓を開けて呼びかける。

「奉公先を探しているのであろう。わしと来るがよい。家の下方が、辞めてしもうてな。ちょうど欲しいと思うていたところじゃ」

「え」

今度の絶句は、不自然に長かった。奉公したいのは御所であり、狐が母親と噂される老陰陽師の館ではない。だがしかし、なにか言えば呪詛されてしまうかもしれないと思って逆らえないのだろう。

仲也は、小刻みに震えながら従った。

四

「文香、いえ、小鹿さんを攫わせたのは、文緒様の命令だと聞きました」

仲也は、信じがたい話を口にした。

「乳母に託して文緒様のお母上のもとへ送り届けようとしたというのが、表向きの話になっています。でも、最初から段取りが決められていた由。人攫いを装った者が、送り届ける途中の乳母一行を襲い、赤児や金品を奪って逃げる。盗賊に見せかけるのもすべて、文緒様が命じたようです」

真剣な顔には、偽りではないという精一杯の気持ちが浮かびあがっているように感じられた。それでも、にわかには受け入れがたい話である。

「…………」

小鹿は、晴明親子に当惑の眼差しを向けた。

そろそろ巳の刻（午前十時頃）になる頃か。汚れていた仲也を沐浴させ、清潔な古着に着替えさせて朝飯を食べた後、殿舎の一隅に場を設けていた。晴明の館は贔屓筋の貴族のもとにすぐさま駆けつけられるよう、内裏に近い一等地に設けられている。

対話の場にいるのは、小鹿と晴明親子、そして、仲也の四人だけだ。御所で対面するはずだった源頼光へは使いをやって、午の刻（昼十二時頃）に来てもらう手筈を調えていた。まずは小鹿が知りたい話をと思い、いくつか問いを投げた結果、二の句が継げない状況になっている。

「今の話は」

吉平がごくりと唾を呑み、訊いた。

「まことか?」

代表するような問いを投げる。やがて来る源頼光のために、上座を空けて左右に分かれていた。仲也はひとりで座っているのだが、相変わらず顔色が悪く、居心地はよくなさそうに見える。

「はい」

短く答えた。あまり話したくなさそうだったが、ここに来た以上、言い訳は許されない。奉公したいというのであれば、なおさらだ。

「なぜ、多治比文緒は、そのような真似をしたのか。合点がいかぬゆえ、もそっと詳しく話してくれぬか」

今度は晴明が訊ねる。妙な緊張感を察しているのだろう。カラは小鹿の隣に背筋を伸ばして座していた。

「おれも、いや、わたしにもよくわかりません。洩れ伝え聞いた話では、文緒様は自分の娘をお母上に渡したくなかったとか。お母上が溺愛するに決まっているから、というのが理由らしいですが」

首をひねりながらの答えになっていた。仲也自身、文緒の行動が理解できないのかもしれない。しかし、小鹿は生まれ持つ感覚と、いささか天の邪鬼な気質で、母の小賢しい企みを即座に看過した。

「嫉妬だと思います」

推測をまじえて告げる。

「もし、咎人が厳しく育てられたのだとしたら……藤袴様のお立場からすれば、我が娘の気質を案じるがゆえの躾だったのかもしれませんが、双方に遺恨があったかもしれません。彼の者は恨み、藤袴様は母として後悔した。激しく後悔したとき、人はどうするでしょうか」

小鹿は、遺された藤袴の文書や、紫宸殿前の桜と橘を行き来していた幻から想像していた。さらに目覚める直前にみた童女の夢。あれは自分であるとともに、文緒だったような気がした。

泣きながら母を慕い、慕いながらも憎む。

今の自分と同じだった。

「やり直そうとする、か？」

吉平の答えに、大きくうなずいた。

「はい。藤袴様は最初から、わたしがご自身の孫だとご存じでした。短い間でしたが、巨きな愛をいただいたと思っています。暑い夜、そっと訪れて扇いでくださいました。あの、やさしい風が、今も忘れられません」

目が潤み、声が震えた。案じるようにカラが膝に乗る。撫でながら、今は亡き藤袴を想った。我が娘と孫を案じて、謀反を示唆するような言伝を行った。流罪となった騒動のときには、文緒が奪い取った女房の貌を着け、命を懸けて我が娘を諭そうとした。

はたして、死の訴えが伝わったかどうか。

「ふうむ、嫉妬か」

晴明は呟いた。

「取り戻せない日々を、藤袴様は小鹿への愛で取り戻そうとしたのかもしれぬな。いち早く察知した文緒は、藤袴様に預けるふりをして白拍子に渡した。話ができていたのであろう。ゆえに、優れた術師でもあった藤袴様が、懸命に孫娘の居所を摑もうとしてもわからなんだ」

「それで、わたしたちはあちこちを転々とさせられたのですね。咎人が事細かに、藤袴様の託宣を白拍子に伝えたから」

小鹿は、長い間の疑問が氷解するのを感じた。やっと居場所を見つけて人を遣わしたときにはもう、白拍子の一行はそこにはいない。虚しさの繰り返しだったものを、藤袴は辛抱強く小鹿の行方を追った。

「生きているうちに、和解できればよかった」

ぽつりと吉平が言った。藤袴との視えない戦いで、文緒は知らぬ間に霊力を高めていった可能性もある。わかり合えなかった母娘の姿が、そのまま文緒と自分なのだろうか。どこかで流れを変えられないだろうか。

「晴明様。咎人の居所は、摑めませんか」

気持ちを切り替えて訊いた。とにかく、探し出さなければならない。これ以上、罪を犯させないためにも、文緒を一日も早く見つけなければならなかった。

「占うと、内裏、もしくは大内裏と出るのじゃ。ゆえに、咎人の霊気を追い求め、ぐるぐるまわってしまう有様よ。吉平も同じでな。邪悪な気配を時折、感じるのだが、とらえたとたん、ふっと気配が消え失せる。それの繰り返しじゃ」

珍しく徒労感が浮かびあがっていた。朱雀門で会ったのは、あてにならない気配を追っていたためであろう。文緒が優れた呪禁師であるのを認めざるをえなかった。

「すでに潜り込んでいるのかもしれぬ」

晴明は、小鹿と同じ考えを口にした。仲也に目を向ける。

「多治比文緒か、藤原保輔を名乗る男の居所はわからぬか。文緒は、だれかの貌を盗み、その者になりすましているかもしれぬ。噂を聞かなんだか」

恥も外聞もない問いになっていた。宮廷陰陽師のつまらない誇りは遠くへ追いやり、帝と民を守ることに集中している。それほど正確な情報が少ないのかもしれない。

「藤原保輔を名乗る男は」

仲也がそう言いかけたとき、女房が来て藤原伊周の訪れを知らせた。使いや文は届いていないが、晴明親子に話があるのか。

「なにゆえ、我が館においであそばされたのか」

晴明の問いに、女房は答えた。

「使いの話によりますと、伊周様は、源頼光様がここを訪れるという話を耳になされたとか。追捕隊に加わりたい旨、頼光様に申し入れたいと仰せになられている由。ご同席なさりたいとのことです」

「帝のお許しは得ておられるのか」

ふたたび晴明が訊いた。伊周は追捕隊に加わって、自分に向けられている疑惑の目を払拭したいと考えたのではないだろうか。

「はい。帝は、くれぐれも気をつけるようにと仰せになられた由。弟君の隆家様も同じお考えだと伺いました。『甲の亀』の件以来、冷ややかな目や、腹に据えかねるような噂が、横行しております。定子様もお心を痛めておられるとか」

女房の表情と声も沈んでいた。これといった証はないのに、伊周と隆家兄弟の仕業に相違ないと断定する者もいる。口には出さないものの、だれもが気にしている事案なのは確かだった。

「帝のお許しを得ているのであれば、ご同席いただこうではないか」

「わかりました。それでは、ご案内いたします」

姿を消した女房を見送りつつ、晴明は立ちあがって伸也をこちら側に連れて来る。

伊周のために片側を空けたのだろう。仲也が小鹿の隣に移るや、カラが威嚇(いかく)するように毛を逆立てた。

「カラ」

小鹿は撫でて落ち着かせる。

「おまえも知ってるだろうけどさ。おれ、猫は苦手なんだよ。なにを考えているのかわからないからな。薄気味悪くて」

「カラも同じことを思っているんじゃないかしら」

小声で答えつつ、カラを膝に乗せた。腰を落ち着けかけていた晴明が、仕草で吉平を移動させる。

「わたしの隣に来い、仲也。粗相があってはならぬからな。わからないことがあれば、小声で伝えよ」

「え」

仲也は、あきらかにいやがっていた。晴明に呪詛されると本気で思っているのだろうか。唸(うな)り声をあげ続けるカラに追いやられて、仕方なさそうに晴明の隣に座る。とたんに心細そうな顔になっていた。

「藤原伊周様が、おいでになられました」

先程の女房が先触れ役を務めて、伊周を案内して来る。何度か定子を訪う折に居合わせたことはあるが、顔を見るのは非礼とされているため、小鹿はまともに伊周を見たことがない。乙麻呂の工房に紅の直衣を着た姿絵はあったが、伊周だと言われたから信じただけの話である。

姿を現したとたん、カラが奇妙な鳴き声を洩らした。

つられて小鹿は目をあげる。

「…………」

思わず絶句していた。

五

藤原伊周の身体が、透き通っていた。

殿舎の出入り口に立っているのだが、庇の向こうに広がる庭の樹木が見えた。凝視してはいけないと思いながらも、じっと見つめていた。

伊周の年は二十七、八。和歌や舞い、雅楽の腕前はむろんのこと、漢学の知識も豊かで主上の覚えめでたき貴公子のひとりだ。さまざまな騒ぎがあってもなお、彼の人気は衰えない。美貌の妹・定子によく似た端整な顔立ちの持ち主は、女房に案内されるまま、向かい側に座った。

――まだ、透けている。

何度も瞬(まばた)きすると……ようやく、若々しい紅の直衣姿であるのがわかった。姿絵と同じような装いに思えるが、微妙に襲(かさね)の色目(いろめ)を変えているのかもしれない。少し直衣の色が違って見えた。まだ身体は透けている。

小鹿の動揺に気づいたのだろう、

「どうした?」

隣の吉平が、囁き声で訊いた。晴明は身内の気安さで色々言うが、決して鈍い男ではない。些細な変化を素早く感じ取る。

「あ、いえ、なんでもありません」

どうやら透けて見えるのは、自分とカラだけらしい。晴明と吉平、さらに伸也は平然としていた。あるいは、公(おおやけ)の場なので口にしないだけなのか。

――お二人はともかくも、伸也は騒ぎたてるはず。気づいているのは、わたしだけなのかもしれない。影が薄い、という感じはしないけれど。

表舞台から遠のいた先入観があるため、自分の思い込みで透けたように視えてしまうのだろうか。麗しい貴公子は、藤原重家や源成信に勝るとも劣らない気品と存在感を示している。左大臣の道長もたまに紅尽くしの直衣姿を披露するが、言うまでもなく伊周の方が似合っていた。

「源頼光様でございます。おいであそばされました」

女房の知らせを受けて、一同、平伏して畏まる。ほどなく現れた頼光は、鎧や刀、矢筒などはむろん外していたが、独特の威圧感は最初に会ったときと変わらなかった。儀礼的な挨拶をして、用意された上座に座る。

あらかじめ伊周の同席は伝えられていたのだろう。互いに目顔で小さく会釈をかわして挨拶した。

「たった今、藤原保輔を名乗る男についての話を、聞き出そうと思ったところにございます。わたしの隣の男——伸也と申す者ですが、多少なりともお役に立つかもしれません。お話しするがよい」

晴明が口火を切る。

「は、はい。藤原保輔を名乗る男は、盗賊の頭になっているようです。根城がどこなのかまでは、わかりません。盗んだ品物や金を気前よく民に配るので、泊まる場所には困らない様子です。一度だけ住職のいない廃寺から、盗賊たちが出て来るのを見ました」

　仲也の言葉に、頼光はぎらりと目を光らせた。

「その方が見たのか。どこの寺だ？」

「白河に近い廃寺です。たまたま通りかかっただけで、賊の顔はよく見ていません。そもそも自分は藤原保輔様とやらの顔を知りませんから。近くにいた者が『保輔様ご一行よ』と話してくれたのです」

「藤原保輔様の写し絵を用意しておきました。確か描かれていたと思いまして、画師の上村主竹麻呂殿に伺ったのです。亡くなる一年ほど前の姿絵がありましたので、乙麻呂殿に写し絵を描いていただきました」

　すかさず晴明が言った。行き届いた気遣いは、さすがというしかない。まず隣に座した伊周に渡したが、見知っていたのだろう。ちらりと一瞥しただけだった。目顔で促された小鹿は、晴明のもとへ行き、写し絵を受け取って頼光に渡した。

　ふん、と、鼻で笑う。

「よう憶えておるわ。てこずらされた男の顔は終生、忘れぬ」

　これまた、冷ややかに言い捨てた。見る必要なしとばかりに突っ返される。小鹿は写し絵を晴明に渡して、もといた場所に戻った。

――見憶えがある。

運ぶとき、目に入った保輔の顔が引っかかっていた。どこかで見たことがあるような、という不思議な感じを覚えている。伊周や二人の貴公子ほど麗(うるわ)しくはないものの、凜(りん)とした眼差しを持つ美丈夫だ。

しかし、会った憶えはないし、小鹿が顔を合わせられるのは、ごく少数の限られた男君しかいない。

いつ、どこで会ったのか。まったく思い出せなかった。

「その方、憶えがあるか」

頼光が質問を再開させる。写し絵は伸也の手に渡り、吉平が隣で覗き込んでいた。

さあ、と、若者は首を傾げる。

「見憶えはありません。白河の廃寺から出て来た男たちの中にいたかどうか。薄暗かったですし、十人ほどいたのでわかりません」

いったん言葉を止めて頼光を見据える。恐るるに足らず、と、虚勢を張っているように思えた。伸也は弱気と強気が、忙しく入れ替わる。小鹿はこの不安定な気質がいやでならなかった。

「ひとつ、伺いたいことがあります」

仲也がさも重々しく口を開いた。

「言うてみるがよい」

「藤原保輔は大盗賊で大悪党と言われています。ですが、立派な貴族の男が、なぜ、盗賊になったのですか。京で噂をよく聞くようになってから、ずっと疑問があるのです」

「なぜ、か？」

頼光は、少し間を置いて続けた。

「理由はわからぬ。惚れた女子を保輔よりも位の高い貴族に盗(と)られたとか、母親を弄(もてあそ)ばれた挙げ句、殺められた等々、まことしやかな噂が当時も流れた。真実か偽りかはわからぬがな。保輔は商人を自分の館に呼びつけて、あらかじめ掘っておいた穴に、殺めて落としたとも聞く。その商人となにかあったのかもしれぬが」

「わたくしも同じような話を耳にいたしました」

伊周が遠慮がちに口を挟んだ。頼光は小さくうなずいて、続けるように目顔で促した。

「正妻にするつもりだった相愛の女子を、無理やり奪われたようです。本人から直接、聞いたわけではありませんが、出所は保輔の父君である由。わたくしは父の道隆より、この話を聞きました」

　よく通る美声は、小鹿が聞き慣れたものだった。顔を見るのは非礼だが、中宮との会話は耳に入る。さまざまな励ましを込めるためなのか、伊周は御簾越しの対面であろうとも、朗らかで大きな声なのが常だった。

「関白をお務めあそばされた藤原道隆様の話であれば、偽りではなかろう。一番、真相に近いかもしれぬ」

　頼光の同意を、仲也が継いだ。

「では、惚れた女子を取り戻そうとしたのでしょうか。まずは金が必要と思ったのか。それで藤原保輔は、貴族の館に侵入して金を集めた。そのうちの一家は、女子が囚われている館だったのか」

　仲也は鋭い考察をする。頼光に売り込もうと必死なのかもしれない。よく言えば目敏い、悪く言えば小狡い気質が垣間見えた。小才がきくことから、育ての親だった白拍子に目をかけられたのだろう。小鹿は小狡さが気になってしまい、好意を持つにはいたらなかった。

　似たような感想をいだいたのか、

「悪くない考えだ」

頼光は唇をゆがめた。

「ただひとつ、はっきりしているのは、藤原保輔は死んだという事実だ。こたびの賊は名を騙っているだけだろうがな。義賊として民にもてはやされるのは避けたいところよ。盗人の評判があがるような状況にはしたくない」

「先程、話に出た白河の廃寺には、わたくしがまいります。立ち寄ることがあるかどうか、確認した方がよいのではないかと思います次第」

伊周が名乗りをあげた。

「弟も同道いたします。兵を与えていただけると助かるのですが」

「もちろんです。四天王のひとり、大男の碓井貞光を補佐役として加えましょう。常宿ではないのかもしれませんが、たまに立ち寄ることがあるのかもしれません。ご提案通り、念のために確かめる必要があると思います」

頼光は、丁重に答えた。政から遠ざかっているとはいえ、関白だった藤原家の跡継ぎだ。また、個人的にも好感を持っているのかもしれない。名誉挽回に力を貸す旨、あきらかにした。

「承知いたしました。準備が調い次第、弟と出立したいと思います」

「おそれながら申しあげます」

小鹿は声を張りあげた。

「伊周様の追捕隊に、わたくしも加えてはいただけないでしょうか。いてもたっても、いられないのです。もし、多治比文緒が藤原保輔を名乗る者と行動していた場合、わたくしを見て接触をはかるかもしれません。どうか、お聞き届けいただけますよう、お願い申しあげます」

「ならぬ」

晴明が言った。思わず強く止めた感じがした。

「失礼いたしました。孫はいささか小弓を使えますが、女子など邪魔(じゃま)になるは必至。思いあまっての訴えでしょうが、お聞き流しいただきますよう切にお願い申しあげます」

「吉平様」

小鹿は、すぐさま隣の吉平を見やる。カラが同じように見あげていた。晴明が身を乗り出して、告げる。

「ならぬぞ、吉平」

「う、いや、この件につきましては、家族でよく話し合(お)うて……」

「お待ちください、すぐにお取り次ぎいたします、お待ちを！」

突然、女房の叫び声がひびいた。顔を見るまでもなく、ひどく狼狽えている様子が伝わってくる。だれかが頼光との会談の場に来ようとしているようだった。

「お待ちを！」

女房は、通せんぼをするように戸口で両手を広げた。重ねられた十二単衣の袖が、几帳のように揺れる。それを押しのけて姿を見せたのは、画部の上村主乙麻呂だった。

「乙麻呂様」

小鹿は腰を浮かせた。乙麻呂はちらりと見たが、そのままぐるりと目が動く。最後に止まった先にいたのは――。

藤原伊周だった。

「まさか、こんな、こんなことが」

乙麻呂は茫然自失という体で立ちつくしている。小鹿も伊周に目を向けたとたん、ふたたび絶句した。

また、身体が透けていた。

乙麻呂が来たことと関係あるのだろうか。

伊周は困惑したように、安倍家の殿舎を見まわしていた。

第六帖　姿絵の男君

一

「藤原伊周様が、画布（キャンバス）から消えた」

上村主乙麻呂は言った。晴明邸への訪い（おとない）の後、小鹿は晴明親子とともに御所の工房へ足を向けた。カラは右肩に乗っていたが、物の怪（もののけ）ゆえだろう。まったく重さは感じない。大きな姿絵の前に、画師（えし）や画部（えかき）が集まっていた。

父親の竹麻呂に会釈（えしゃく）して、小鹿は姿絵に近づいて行った。

「先日、吉平様と工房に来たとき、そなたも見ただろう。藤原伊周様が、紅の直衣（のうし）を着たこの姿絵だ」

と、乙麻呂が指し示した姿絵に、しかし、伊周はいなかった。白に近い紫で塗られていた背景はそのままなのだが、ぽっかりと不自然な空白があるように感じられた。綺麗な人型の空白であるのが、今、起きている異常を、ことさら強調しているように感じられた。

「いつ、気づいたのですか」

小鹿は冷静になるよう努めた。牛車で帰る伊周を見送った後、ここに来たのだが、安倍家で用意した牛車に乗ったとき、伊周の身体は透けていなかった。

それでも念のため、ちょうど訪れた藤原重家と源成信の二人に、伊周を尾行けるようにに頼んでいる。晴明親子が式神を飛ばすのはわかっていたが、伊周と兄弟同然の貴公子たちは、なにか違う感想を持つかもしれない。小鹿の不安を感じたのか、二つ返事で引き受けてくれたのがありがたかった。

「今朝、ここに来たときだ。すでに父も来ていたが、これを前にして首をひねるばかりよ。だれかが置いた描きかけの姿絵かと思ったが、ここに父の落款が」

竹麻呂の落款が右下に入っていた。花押も見て取れる。晴明と吉平は、目配せして小鹿たちから離れた。カラがじっと宙を見据えている。

――飛ばしていた式神が、戻って来たのかもしれない。

伊周は、晴明が用意した牛車に乗り込み、自邸に帰ったはずだ。案内した女房によると、来たときは使いの者がいたらしいが、牛車もなければ随身や男童といった供も控えておらず、その件ひとつ取っても、いささかおかしな状況ではある。

　小鹿は、今一度、姿絵に目を戻した。

「この姿絵を描かれたのは、お父上の竹麻呂様なのですね。乙麻呂様は、お手伝いしていないのですか」

　念のために訊ねる。

「父がひとりで仕上げた。このようなことは初めてゆえ、みな動揺している。晴明様の館にいたのは、本当に藤原伊周様なのだろうか」

　乙麻呂は珍しく冴えない表情をしていた。ふだんは自信たっぷりな印象を受けるだけに、よけい落ち着かない気持ちになる。父親や同僚たちは各々の仕事に戻っていたが、自分の目で見ても信じられないのだろう。

　もしや、伊周様は画布に戻っているのでは？

　時折、そんな目を向けた。自分たちが見誤ったのだと、思いたいのかもしれなかった。

「わたしも……よくわかりません」

　小鹿は正直に答えた。

「ただ、伊周様のお身体が、何度か透けて見えました」

「透けて見えた？」

　疑問まじりの問いを受ける。

「はい。おいでになられたとき、伊周様は庇に立たれたのですが、前庭に植えられている木々がお身体の向こうに見えたのです。はじめは、わたしの目がおかしくなったのだと思いました。でも、その後、何度も透けて見えました」

　答えた後、晴明と吉平にも伝えるべきだったと思った。人智を超えた騒ぎが起きることに、小鹿はまだ慣れていない。狼狽えてしまい、必要な事柄を知らせていなかった。

「やはり、そなたは晴明様の孫娘だな。不可思議な霊力を持っているようだ。屏風から桜の一枝が現れたことにも驚かされたが」

「屏風」

　そういえば、と、ここで思い出した。

「桜の一枝が現れた屏風ですが、枝を広げた桜の下に、直衣姿の男君が描かれていたように思います。いかがでしょう。間違っておりますか」

「いや、男君を描いた憶えがある。だれなのかという詮索をされぬよう、顔は曖昧にぼかしたがな。桜の下に直衣姿の男君を描いた」

「もしかしたら、あの屏風かもしれません。晴明様が用意しておられた藤原保輔様の写し絵を見たとき、どこかで見たような気がすると思ったのです。保輔様の写し絵は、乙麻呂様が描かれたと聞きましたが」

「わたしが急いで描いた。保輔様の姿絵は、非業の死を遂げられたとき、遺族にお渡ししたのでここにはない。なれど下絵があるゆえ、それを写した次第よ」

「桜の屏風、わたしは勝手にそう呼んでおりますが、今も内裏ですか」

「いや、手直ししたいと申し入れて、ここに運んだ。失われた桜の一枝を描き足したいと思ってな。気になるのであれば、見た方がよかろう」

乙麻呂は、素早く小鹿の気持ちを察した。先に立って工房を横切って行く。晴明親子は庇に出て、やりとりを続けていた。時折、空を見あげるのは、放った式神の行方を知るためかもしれない。

——伊周様は、ご自分の館に戻られたのかしら。

小鹿は晴明親子を気にしながら、几帳で仕切られた工房の一角から、乙麻呂が出て来るのを待っている。すぐに目的の屏風を持って来た。

「屏風の絵まで変わっておらねばよいが」

苦笑して、屏風に掛けていた布を静かに取る。冗談と聞き流せない異変が、頻繁に起きていた。

「あ」

小鹿は思わず小さな声をあげる。乙麻呂が布を取ったとたん、ふわり、と、暖かくなるのを感じた。屏風から春風が吹いているかのよう。小鹿はその場に膝を突いて凝視めた。

カラは相変わらず右肩に乗ったまま、同じように見つめている。

「高いところから低いところに流れる澄み切った小川、小石が見えている、突き出した岩に咲く一本の大きな桜、その下に佇む男君」

声をあげながら目で追いかける。男君は紫色の直衣姿だが、顔ははっきり描かれていない。もっと顔立ちがきちんと、描かれていたように憶えていた。

「この男君は、どなたなのですか」

参考にした人物がいるのかと訊いた。

「だれかと問われても……先程も言ったように、特に意識したわけではない。恋しい女君と密かに逢う場面を、思い描いたように憶えている。直衣は白にしようかと思ったが、あまりにも存在感がないように感じて紫色に」

不意に乙麻呂は言葉を止める。小鹿もどきりとして息を呑んだ。たった今、話をした男君の顔が、突然、筆で描き足したように鮮明になったのである。

「保輔様」

小鹿の呟きに、疑問符はなかった。乙麻呂が描いた藤原保輔、晴明が用意していた写し絵の保輔が、枝を広げた桜の下で笑みを浮かべている。幸せそうな表情をしていた。またしても、だった。なぜ、次から次へと変事が起きるのか。

——乙麻呂様は、どう思っているのかしら。

そっと目をあげる。

「そなたといるのはおもしろい。飽きぬな」

乙麻呂は気味悪がるどころか、むしろ愉しげだった。きらわれなかったとわかり、安堵するのと同時に、気持ちが昂ぶるのを覚えた。心ノ臓がドキドキし、頬が熱くなる。嬉しいのだが、なにを言えばよいのかわからない。

頬を染めて、うつむいた。

二人の様子になにかを感じたのか、父の竹麻呂がこちらに来た。

「む」

さすがは画師、すぐに気づいたらしい。

「桜の下に描かれた男君は、亡くなられた藤原保輔様に似ておるな。このような絵ではなかったように思うが、おまえが描き足したのか」

息子に訊いた。

「いえ、なにもしておりません。小鹿が気になっていたようなので見せただけです。話をしている間に、藤原保輔様の顔になりました」

「奇妙なことがあるものよ。もっとも、桜の一枝とて驚くべきことだがな。そういえば、あの桜はどうなったのか。花が散って枯れる頃ではあるまいか」

竹麻呂は小鹿を見やる。

「中宮様の殿舎を今も彩（いろど）っております。枯れる気配がないのです。なにか視（み）えるのでしょうか。時折、カラがじっと見つめております」

懐（ふところ）から数枚の絵を取り出して、乙麻呂に渡した。桜の一枝を見あげるカラの絵だが、後ろ姿や薄縁（うすべり）に寝転がった様子など、色々な角度から描いていた。三毛猫の模様は、個体によってかなり異なる。

物の怪のカラは、いつかいなくなってしまうのではないか。小鹿の胸には消えない不安がある。模様を憶えておきたいと思い、描いたのだった。

「カラへの愛が感じられる」

乙麻呂の率直な褒め言葉を、竹麻呂はうなずいて継いだ。

「まことにな。墨書きなのに、三つの色が視えるようだ。細かい模様まで描いているところに、小鹿さんの情の深さが表れているように思える。猫の絵を描いてほしいときは、頼みたいものよ」

「そんな、わたしの絵なんか」

「いや、小鹿は絵が上手い」

吉平がすかさず親馬鹿ぶりを発揮する。いつの間にか、晴明と一緒に後ろへ来ていた。

「さよう。竹麻呂殿と乙麻呂殿の指南を受けるがよい。女子の手による女君の姿絵は、ひと味違ったものになろう。自信を持つことじゃ」

継いだ晴明もまた、祖父馬鹿ぶりを堂々と告げた。式神を飛ばした結果が、わかったのではないだろうか。

「伊周様になにかありましたか」

小鹿の問いに、晴明が答えた。

「ご自分の館には戻らなんだ。行った先は」

乙麻呂親子を見て言葉を止める。二人はさりげなく、それぞれの仕事に戻って行った。晴明は話を再開させる。

「高階光子様の館よ。牛車が館の表門に着いたところまでは視えたが、おそらく芦屋道満であろう。強力な結界に、式神を撥ね返されてしもうた」

「牛車から降りる姿を確かめたかったのだが」

吉平は浮かない顔をしていた。文緒の話だろうか。敢えて口にしない事柄があるのかもしれない。

「ご存じだと思いますが、藤原重家様と源成信様に後を尾行けてほしい旨、お願いいたしました。牛車から降りる姿をご覧になられたかもしれません」

「そうであれば、われらも助かる。こたびのように強力な結界が張られたときは、やはり、人間の方が頼りになるな」

晴明は、苦笑いする。

「伊周様ですが」

小鹿は思いきって口にする。

「紅の直衣姿でしたが、お身体が透けて視えたのです。源頼光様とお話ししていたとき、何度か透けました。影が薄いようには感じませんでしたが、なぜ、あんな視え方をしたのかがわかりません。お二人はいかがでしたか」

「いや、透けては視えなんだ。紅の直衣姿だったのは間違いないが」

　晴明の答えを、吉平が受ける。

「わたしもです。少しお痩せになったように思えましたが、『申の亀』の騒ぎが起きたではありませんか。謀反の気持ちなどなくても、平静でいるのはむずかしいように思います。だいたいが企みなど抱いておらぬと、どのように証を立てればいいのか。伊周様ならずとも悩ましいところです」

「乙麻呂様と今の話をした後なのですが」

　小鹿は次に屏風を指し示した。

「はっきりしなかった男君の顔が、突然、鮮明になったのです」

「藤原保輔様ではないか」

　晴明は躊躇うことなく言い切る。少し遅れて、吉平も告げた。

「確かに似ているな。この屏風は確か」

「はい。わたしが見たときに、桜の一枝が現れた屏風です。いったい、だれが、なにを知らせようとしているのか。まったく、わかりません」

「だが、この男君は幸せそうに笑っているではないか。わたしは何度も保輔様に会うたが、いつもピリピリしていたような気がする。お目にかかるたび、肩が凝ってしもうてな。気むずかしい方のように感じた」

吉平は、そのときのことを思い出したのかもしれない。首をまわして、肩のあたりを手で揉んだ。霊力があればあったで厄介なのは、こういう点だろう。常人が覚えない痛みや辛さを感じたりもする。

「少納言様」

小鹿は、工房の戸口に来た少納言に気づいた。乙麻呂親子に会釈して、庇に来るよう目顔で合図される。晴明や吉平と一緒に庇へ出た。

二

「先程、中宮様の兄君・藤原伊周様が、ご機嫌伺いにおいでになりました」

少納言は言った。暗い表情をしていた。

「えっ、ですが」

小鹿は反論を呑み込む。晴明の館を訪れた伊周が、御所に立ち寄った可能性はきわめて低いはずだ。

「伊周様は、わたしの館を出てすぐに、高階光子様のお館を訪いました。まだ、おいでになるかもしれません。われら親子は式神を飛ばして確かめましたゆえ、間違いないと思います」

　晴明が躊躇いがちに告げる。

「それでは、やはり」

　少納言は得心したように小さくうなずいた。両目は、小鹿の右肩に乗ったカラに向けられている。だれもが同じ疑問をいだく流れだった。

「お二人のうちのひとりは、金華猫が化けた伊周様でしょうか。晴明様の館へ行かれたと伺いましたがと口にしたとき、伊周様は怪訝な顔をした後で『ああ』と認められたのです。夢で訪ねたかもしれぬ、と、仰せになられまして」

　情報収集力の確かさと速さが、言葉の端々に表れていた。伊周が晴明の館で源頼光に会うことは、女房から女房へと伝わり、少納言のもとに届いたのだろう。どんな状況にあろうとも正確な話を得られる。

　優秀な女房の条件のひとつだった。

「ふうむ、金華猫が化けたのか、はたまた、新たな外術によって誕生した『姿絵の男君』か。前者の方がましかもしれぬ。後者だったときは厄介だ」

　晴明の言葉を、小鹿は早口で継いだ。

「咎人が、新たな外術を用いたと？」

乙麻呂に対するものとは違う意味で、心ノ臓がドキドキしてくる。文緒の顔が脳裏に浮かんだり消えたりしている。絶対に起きてほしくないことだった。不気味な外術は『妖面（あやおもて）』だけでいい。描いた絵から現れるヒトなど、物の怪以外の何者でもなかった。

「あるいは……そうかもしれぬ」

晴明は答えた。認めたくないが、認めざるをえない状況になっている。画布から抜け出して、もうひとりの伊周が誕生した場合、本物の伊周はどうなるのだろう。大丈夫なのだろうか。

「あれは」

少納言は不意に声をあげた。視線は桜の屛風に向いている。何度も見た屛風に、見慣れぬ男君が描かれているのに気づいたようだ。静かに工房へ入ったのは、自分の目が間違っていないかを確かめるために違いない。

「藤原保輔様ですね」

大きく目を見開いている。枝を広げた桜の下に描かれた男君に驚いていた。小鹿は同意する。

「わたしはお顔を存じあげないのですが、晴明様に渡された写し絵に、とてもよく似ていると思いました」

「以前、見たときには、お顔や全体がもっとぼんやりしていたように思います。乙麻呂殿が描き加えたのですか」

記憶力の確かさは、さすがと言うべきか。

「いえ、違います」

乙麻呂は答えて、こちらに来た。

「小鹿とこの屏風、桜の屏風を見たとたん、まるでだれかが描き足したように顔や衣裳が鮮明になったのです。藤原保輔様に似ていると、みな同じことを思いました」

「そして、藤原伊周様にも、不可思議なことが起きている？」

少納言は自問まじりの言葉を口にした。大胆な考えといえた。藤原保輔と伊周を結びつけたことに、今度は小鹿と晴明親子が驚愕（きょうがく）する。三人は気持ちを確かめるように、顔を見合わせていた。

「考えてもみませんでした。伊周様と保輔様は、お顔が似ているとは思いませんが」

それ以上は続けられなかった。両者ともに政（まつりごと）の中心から外れた、もしくは外されたという共通項がある。だが、保輔は大盗賊であり、自ら外れたように思えた。対する伊周は、左大臣・道長との政争に敗れたように思えなくもない。極悪人とは違うと否定したかったのだが……。

「同調、共鳴」

晴明が、前にも口にした言葉を呟いた。小鹿は母の文緒に同調、あるいは共鳴をしているのではないか。こちらの密議は筒抜けなのかもしれない。式神を使わないのは、使う必要がないからということも考えられた。

「中宮様の殿舎を退出なされた伊周様は？」

小鹿は訊いた。少なくとも、二人の伊周がいる。ひとりは、高階光子様の館へ行き、もうひとりは御所からどこかに帰った。

「自邸に戻られたはずです。牛車でおいでになられて、そうですね、半刻（一時間）ほど親王様をあやしておられました。お元気がないように感じましたが、近頃はいつもそんな様子です。無理もないことなのですけれど」

次に少納言が目を向けたのは、父親の竹麻呂が制作中の一枚だった。考え込むばかりで動かなかった筆が、なめらかに動き出している。しかし、制作しているのは貴族の姿絵ではなく、和歌を記した料紙を貼りつけたものだった。

「来月、二月二十五日に、お披露目があるのです」

表情と同じように、少納言の声は沈んでいた。

「定子様が皇后に、そして、彰子様が中宮になられる由。一帝二后という先例のない事態になるため、伊周様はお気持ちがすぐれないのでしょう。昨年、蓮花がひとつの茎に二つの花を咲かせたのは、その前兆だったのかもしれません」

一帝二后を正式に認める日にちを聞いたのは初めてだった。ひとつの茎に二つの蓮の花が咲いたのは知っていたが、深く意味を考えたりはしていない。決めたのは、左大臣だろう。定子の兄弟・藤原伊周や隆家の思惑に関係なく、すみやかに物事が運ぶ。定子の兄弟は、ますます蚊帳の外に置かれる感じがした。

「以前、耳にした憶えがあるのですが、晴明様。ひとつの茎に二つの蓮の花が咲いたのは、不吉なことなのですか」

小鹿の疑問を、晴明が受ける。

「いや、双頭蓮と言うてな、非常に珍しいこととされている。吉祥の花よ。寿ぎの前兆であろう。事実、定子様は一親王をお生みあそばされた」

「そこでまた、疑問が浮かぶのです。敦康親王を授かったことは、定子様にとっては幸いではないのですか」

小鹿は訊いた、訊かずにいられなかった。

昨年の十一月に彰子が入内した後、同じ月に定子は敦康親王を生んだ。まだ幼い彰子が子を生むのは何年か先になるだろう。道長が親王の後見役になるのは当然なのだろうが、彰子に親王が誕生したときはどうなるのか。

一帝二后という先例にはない地位が、定子と敦康親王の助けになるのだろうか。

「幸いだと思います。ですが」

少納言は言い淀んだ。それが答えだった。相変わらず暗い様子が引っかかる。また、新たな騒ぎが起きたのだろうか。

「少納言様」

小鹿の問いを察したのかもしれない、

「主上が」

そう言いかけてやめた。物言いたげな表情と不自然に止められた言葉に、小鹿ははっとする。

「まさか」

思わず声になっていた。

中宮をお召しになられたのだろうか。親王を生んでからまだ、二カ月ほどしか経っていないのに、まさか宿直を申し入れたのか。

そうなのです。

という目をして、少納言はうなずいた。お召しになるのが多ければ多いほど、女御の明日は明るくなる。が、定子には休息が必要に思えた。愛の証を立てるため、なにがなんでも定子が必要なのだと知らしめるためとはいえ……。

「これは、もう、耳に入っているかもしれませんが」

少納言は憂鬱な顔で前置きし、続ける。

「武蔵国に遣わしていた者が、戻って来た由。いよいよ尾張浄人様と木幡邦広様の審議が執り行われるようです。何日か後に紫宸殿でと伺いましたが、日時に関してはまだ、正式ではない由。ですが、カラがこの様子では」

何度目かの大きな吐息をついた。ふたたびカラを見ていたが、猫のままで話しはしない。おまけに奇怪な出来事が続いている。御所では密かに、尾張浄人とカラを応援する空気が高まっているのだが、はたして、勝てるだろうか？

「そうそう、もうひとつ、大事な話を忘れるところでした。小鹿、咎人の追捕隊に加わることは許しませんよ」

一番聞きたくない話が出た。

「そなたは女子なのです。多少、小弓を使えても足手まといになるだけです。小鹿の顔を描いた姿絵はすでに、源頼光様にお渡しいたしました。やれることはやったのです。捕らえるのは、源頼光様たちの役目ですよ」

「小鹿」

乙麻呂に呼ばれたのをこれ幸いと少納言から離れた。カラはするりと狩衣の胸元に滑り込む。金華猫とはいえ三毛猫のオスであるため、若い画部が少し苦手なようだった。

「内薬司に出入りしていると聞いた。薬草のことを中心に学んでいるとか。薬師になりたいのか」

率直な問いには、男の嫉妬が見え隠れしている。丹波忠明をそういう相手としては見ていないつもりだ。が、正妻にと望んでくれた乙麻呂にとっては、心穏やかではないかもしれない。

「決めかねています。でも、薬師というお役目には、心惹かれます。八重菊さんが生き返った場面が忘れられません。学び続けたいと考えております」

「わたしがそなたの年には、嫁いでおりましたよ」

少納言が横から口をはさんだ。乙麻呂は嬉しそうに顔をほころばせたが、「ですが」とすぐに続けた。

「男児をもうけた後、離縁いたしました。あまり慌てずに時をかけた方が、よいと思います。薬草のことだけでなく、小鹿は絵も学びたいと言うておりますので」

「失礼いたします」

女房が戸口に姿を見せた。

「源成信様がおいでになりました」

告げたとたん、成信が現れる。藤原伊周の姿をした者が乗った牛車を、藤原重家と尾行していたはずだが、なにかあったのかもしれない。青ざめた顔に強い緊張感が表れていた。

「晴明様、すぐにおいでいただきたく思います。すでに式神から話を得ておられるかもしれませんが、伊周様を乗せた牛車は、ある館の門前で停まったまま動きません」

そこで言葉を切る。ここでは口にできないと目で伝えていた。

「重家様はいかがなされたのか。おひとりなのか」

案じる晴明の問いに答えた。

「いえ、伊周様の供をしてきた安倍家の随身と牛車を見張っております。牛飼童(うしかいわらわ)や小舎人(とねり)は、晴明様のお館に帰しました」

危険を考えたうえでの行動といえた。盗賊や附け火が横行する京では、男といえども夜はひとりで行動すべきではない。

「まいろうか」

　晴明が締めくくって、立ちあがる。小鹿は小弓と矢筒を持ち、晴明親子に続いた。

申の刻（午後四時頃）になり、あたりはいちだんと冷え込んでいた。

三

　源成信が案内したのは、高階光子の館だった。

　着いたときには深い闇と静けさに覆われていた。牛車を二台、用意しなければならず、それに手間取ったので出立が遅れたのである。安倍家の牛車の一台は、伊周が使ったため、少納言に手配りしてもらい、ようやく出かける準備ができたのだった。

　一台に小鹿と晴明、もう一台に吉平と源成信が分乗している。高階光子の家司にでも頼んだのか、門前には火を灯した松明が置かれていた。闇に慣れた目には、眩しいほどの輝きに感じられた。

「晴明様」

　重家が手をあげて、合図する。伊周が乗っていた安倍家の牛車は、成信の言葉通り、高階家の門前に停められていた。小鹿は晴明と降りて、重家のもとに歩み寄る。吉平と成信も後ろについていた。

——すごい瘴気。

小鹿は、瞬きを繰り返した。狩衣の懐に潜っていたカラが、右肩に移って同じ方向に目を向ける。門の向こうにどす黒い瘴気が噴きあがっていた。鬼の形をしているように視えた。

「あれは……鬼でしょうか」

ささやくような声を、吉平は聞きのがさない。

「鬼のような形を取っているのは、瘴気の主の怒りであろう。近寄るな、来るなと警告しているのかもしれぬ」

と、小鹿を見やる。

「ずいぶん、はっきり視えるのだな。鬼の姿までわかるとは思わなんだ」

「ここに来たとたん、瘴気が視えるようになりました。カラが鋭く反応しているようにも思えます。わたしとカラは同調しているのかもしれないですね。鬼の周囲を飛んでいるのは式神ですか」

カラは小鹿の右肩で首を伸ばしていた。黒っぽい鳥のようなものが、いくつも飛びまわっている。吉平はうなずき返した。

「さよう。法師陰陽師の式神よ。われらも飛ばしているが、巨大な鬼に撥ね返されてしまうようだ」

白い鳥のような式神は、瘴気の鬼――まさに瘴鬼が吐き出す息に弾き飛ばされていた。ここは敵地であるため、晴明側は分が悪くなる。

「吉平、小鹿」

晴明に呼ばれて、門前に停められた牛車に駆け寄る。前簾をあげたままの奥には、だれも乗っていなかった。

「伊周様が降りて来られなかったので、随身がお声を掛けたのです。ところが、何度、呼びかけても返事がありませんでした。ちょうど、わたしと成信も高階光子様にお伝えいたしたき儀がありましたゆえ、こちらに着いたところでした。それで、どうしたのかと訊いたのです」

重家の言葉は偽りまじりだったが、随身は二人の貴公子の登場をむしろ心強く思ったのではないだろうか。牛飼童や小舎人の供では、頼りないことこのうえない。

「わたしが前簾をあげました」

随身が言った。

「ところが、牛車にはだれも乗っておられませんでした。牛飼童と小舎人に訊いてもらえばわかりますが、晴明様のお館を出立するときには、間違いなく伊周様は乗っておられたのです」

「それは確かだ。わたしは、伊周様が牛車に乗ったのを見た」

吉平の言葉を、小鹿は早口で継ぐ。

「わたしもです。牛車が見えなくなるまで、お見送りをしました」

「ひとつ訊きたいことがある。伊周様は、なぜ、この館に来たのじゃ。わたしは自邸に戻られたとばかり思っていたが」

晴明の問いを、随身が受ける。

「出立してすぐに、伊周様がこちらの館へ行くと仰せになりまして」

「中を確かめてみます」

小鹿はカラを右肩に乗せたまま、牛車に乗る。伊周がいつも使う香の残り香が、漂っているかと思ったのだが……。

「これは」

吸い込んだ瞬間、香の薫(かお)りではないことに気づいた。小鹿が知っている匂(にお)いだった。

「顔料かもしれません。藍(あい)か紅かはわかりませんが、かすかに残っております。乗っていたのは『姿絵の男君』ではないでしょうか」

と、言いながら牛車から降りる。伊周の身体が透けて見えたのは、物の怪だからなのか。やはり、安倍家の牛車に乗っていたのは異形のものなのか。

「つまり、姿絵から抜け出した男君の可能性が高いわけか。追捕隊への参加を口にして、源頼光様の密議に同席するとはな。式神を使う必要などないはずじゃ。筒抜けなのは確かであろう」

晴明が継いだ。心なしか、声が沈んで聞こえたのは、文緒の新たな外術だと認めたくないからかもしれない。

暗い空気を払拭するためだろう、

「『写絵の術』とでも呼びますか」

吉平が明るく言った。晴明は渋面を返した。

「外術の呼び名など、どうでもよいわ。それにしても、なぜ、伊周様が狙われたのか」

意味ありげな言葉の裏を、小鹿は素早く読んでいた。

――咎人の後ろには、左大臣様の影がちらついている。

なにかと目障りな伊周を『自然な形』で抹殺するには、文緒を利用した方がいい。

外術の呪禁師(じゅごんし)を捨て駒にしたところで文句を言う者はいないはず。万が一、呪詛(じゅそ)されたときには、晴明親子を含む宮廷陰陽師を使うだけの話だ。

「わたしには、気になっていることがあります」

小鹿は話のついでという感じで言った。

「桜の屛風、一枝が現れた屛風ですが、桜の下に佇(たたず)む男君の顔が鮮明になりました。藤原保輔様です。どうして、大盗賊の顔になったのでしょうか」

消えない不安がある。晴明は小鹿と文緒が、同調、あるいは共鳴しているのかもしれないと告げた。桜の屛風の絵が保輔になったのは……二人の深い関わりを示しているのではないか。

「保輔様と咎人は、関わりがあったのかもしれぬ」

晴明の考えを、吉平は素早く止めた。

「父上」

珍しく不快感をあらわにしていた。それがよけい不安を駆り立てる。関わりがあったとすれば、どのようなものだったのか。二人は年齢も近く、顔見知りだった可能性もある。もしかしたら……。

「カラ?」

小鹿の右肩で低く唸り始めた。自然に足が動いて、高階光子の館の塀沿いに歩き始める。月の雫を思わせる黄金色の光が、無機質な塀を美しく彩っていた。闇の中で光が踊るように、キラキラと輝いている。

「この輝きは、なんでしょうか」

そっと指でふれた。カラが警戒するような唸り声をあげ、隣に来た吉平が小鹿の腕を引いた。

「そなたは、こちらに」

自分が塀側になる。吉平の後ろで晴明は、呪文を唱え始めていた。唱和するように黄金色の光が、上に行ったり、さがったりしている。

「わたしは大丈夫です。それよりも、吉平様。視えていますよね」

「黄金色の光であれば、塀で踊るように動いているな。気のせいなのかもしれぬが、笛や鼓が聴こえているような」

「わたしにも聴こえます」

小鹿は告げて、さらに歩を進めた。裏門へ近づくにつれて徐々に光が強くなってくる。月の雫のように儚げだったものが、いまや塀全体を輝かせていた。晴明の呪文に合わせるように、いや、どこからともなく聴こえる笛や鼓に合わせているのかもしれない。

カラの警告するような唸り声も大きくなっていた。

「吉平様」

前方を見た小鹿は、吉平の腕をきつく握りしめる。キラキラと輝く塀の光景に二の句が継げなくなっていた。つられて目を向けた吉平も立ちつくしている。

塀に藤原伊周がいた。

顔や身体は光らずに、まわりだけが輝いている。伊周は舞いを舞っていた。謡いながらなのかもしれない。聞こえてくる笛や鼓に合わせて、優雅な動きで舞っている。紅の直衣姿だが、美しい舞台衣裳に見えた。さながら黄金の舞台で舞う踊り手のよう。おそらく本物の伊周も舞いが得意なのだろう。

御所での演舞であれば、どれほどよかったか。

晴明は呪文を唱え続けていた。吉平も印を切って唱和する。小鹿は油断なく、距離を取って様子を見ていた。

やがて、伊周はするりと塀から抜け出した。屏風から出現した桜の一枝と同じように、塀から現れたのである。小鹿が知るあの薫り、顔料の匂いがとらえられた。舞いながら時折、身体が透き通るのは、ヒトではないという証だろうか。

「小鹿、桑弧桃矢を使え」

晴明が耳もとに囁いた。

「え」

信じられなくて、翁の顔を見る。

「われらの前にいるのは、本物の藤原伊周様に非ず。正真正銘の物の怪よ。断言はできぬが、本物の伊周様の生気を利用しているのかもしれぬ。消滅させねば、どんどん力を吸い取られるは必至。下手をすれば伊周様は、命を落とすことも考えられる」

「で、でも」

小鹿は躊躇った。たとえ物の怪だとしても、いや、身体が透けて見えたり、塀の中で舞ったり、塀から抜け出したりできるのは異形のものである証。とはいえ、姿形は伊周ではないか。中宮の兄君を、矢で射るのはかなりの勇気を必要とした。

なにを思ったのか、

「伊周様」

突然、晴明は地面に平伏する。

「素晴らしい舞いに感服つかまつりました。今宵はこれにて終演とし、お帰りいただきますよう、お願い申しあげます。その身体の主になにか起きましたときには、二度と舞えなくなりまする。どうか、どうか、お聞き届けいただきますよう、重ねてお願い申しあげます次第」

「晴明か」

物の怪の伊周は、驚いたことに答えた。さらに晴明だと理解していることに、小鹿は少なからず意外さを覚えた。

「は」

「あいわかった。わたしは、御所を出た後、この館に来たゆえ、中にいるのだ。戻るのはたやすい話よ。晴明の言う通り、確かにあまり長く離れているのは、よくないかもしれぬな」

「ははっ、お戻りくださいませ」

「うむ」

伊周はうなずいて、横を向いた。

「…………」

小鹿は絶句する。

なんと、伊周の顔や身体には厚みがなかった。紙のごとき薄さで、黄金色の光しかわからなくなる。晴明の館での対面では深々と辞儀をしていたため、正面か後ろ姿しか見ることがなかった。

それで気づかなかったのか、あるいは本物の伊周の力が落ちているからなのか。

――まさに『写絵の術』。

などと感心している場合ではなかった。

「射て！」

晴明に命じられた刹那、伊周は塀に吸い込まれて、消える。光り輝いていた塀が一瞬のうちに暗くなった。

四

「申し訳ありません」

小鹿は射てなかったことを詫びた。右肩にいたカラが、音もなく地面に降りて塀に飛びあがる。なんなく向こう側に降りて侵入した。

「物の怪であるのはわかっていたのですが、どうしても射つことができませんでした。人間を殺めるように思えて」

「気にするな」

吉平は言い、闇を見据えた。重家と成信、さらには安倍家の随身が来ていた。たった今、目にした光景が信じられないのだろう。三人は驚きのあまり声を失っていた。

「父上。カラが侵入してくれたお陰なのか、はたまた、法師陰陽師たちが逃げたのか。結界を破ることができたようですな」

白い式神が、塀の向こうに入って行った。十二神将の二体だろうか。かれらの霊光の軌跡が、闇の中に残っていた。鬼を形作っていた瘴気が、かなり弱くなっている。闇と融けたように視えた。

「うむ。しかし、ここは正面から訪ねた方がよかろう」

晴明は重家に目を向ける。

「申し訳ないのですが、高階光子様を訪いたい旨、門番に伝えていただけますか。訪問の理由は、さよう、ご機嫌伺いとでも仰せください。祈禱の必要を感じたので、安倍晴明が来たと」

「承知いたしました」

占いで出た結果と言えば断りはしないだろう。

重家は成信に目配せして、表門の方へ戻って行った。随身は二人の貴公子に従っている。ありえない光景を見て動揺しているようだが、懸命に気持ちを抑えているのが見て取れた。硬い横顔に隠しきれない不安が浮かびあがっている。

――人間の伊周様はご無事なのだろうか。

カラは塀の向こうへ行ったきり、戻って来ない。仕方なく晴明親子とともに、表門へ進み始めた。音はしないのだが、暗黒の空に雷のような光が走る。館の上で何度も不気味な光を放った。

もしかしたら、この館に文緒がいるのだろうか。

「吉平様」

訊ねる前に、吉平は答えた。

「法師陰陽師ともども、すでに立ち去ったように思える。『姿絵の男君』の舞いは、われらの目を引きつけておくための策だったのではあるまいか。いやな気配はするものの、先程までとはあきらかに違っているな」

「わたしは、吉平様の」

「娘だ」

先んじて言った。吉平の娘ではないかもしれないと言おうとしたのだが、お見通しのようだった。

「どんな状況になろうとも、その事実だけは変わらぬ。そなたは間違いなく、わたしの娘であり、安倍晴明の孫娘だ」

「戻って来た」

晴明の声で、二人は塀の上を見やる。二体の式神が、それぞれの主の肩に飛び移った。なにかを知らせたようだが、会話までは聴き取れない。

「生身の伊周様がおられる由。ご異例なのかもしれぬ。丹波忠明様が、薬湯を処方されているとか」

晴明は薬師の存在を告げた。ご異例とは、風邪や身体に障りがあるときに使う言葉だ。亡くなったときには、御不例様と申しあげる。

「忠明様は、お側についておられるのですか」

「そのようだな。時刻は少しずれていたかもしれないが、本物と偽物の伊周様が別々の場所におられた。ひとりは御所の中宮様を訪ね、もうひとりは安倍家の館で源頼光様との会談に参加した」

晴明の言葉を、吉平が受けた。

「安倍家の牛車から消えた男君が、先程、塀で舞った御仁であろう。われらの見立て通り、画布から抜け出した『姿絵の男君』だとしたら」

「相当、気力と体力を失っておられるのは間違いありません。画布から抜け出すだけでも驚きですが、動くための力は本物の伊周様から生気を奪い取っているのだと思います。金華猫が化けたのではなく、外術で操っているのではないでしょうか。少納言様の憂悶が、現実になってしまいました」

　小鹿は推測をまじえて告げた。とにかく、急いで伊周に逢わなければならない。正面からというやり方が受け入れられるだろうか。

「晴明様」

　成信が戻って来た。

「ご機嫌伺いの件、承知いたしましたとのことです。光子様は、晴明様の訪いを非常に喜んでおられる由。是非、ご祈禱をお願いしたいとの仰せです。おいでください」

　踵を返した貴公子に、三人は続いた。カラはどのあたりにいるのだろうか、と、考えたとき、

「あ」

　脳裏に館の殿舎と思しき光景が映し出されて立ち止まる。カラの目を通して、画が視えたように感じられた。庇にいるのだろう、眼前に殿舎の様子が広がっている。御簾の手前にいるのは、丹波忠明に思えた。

「小鹿」

前を歩いていた吉平に早く来いと促される。早足で追いついた。

「なにか視えたのか」

「殿舎の様子が、少しだけわかりました。丹波忠明様と思しき方が、御簾の前におられるのが視えました」

「やはり、伊周様はご体調が芳しくないのかもしれぬな」

「でも、こちらの館には、法師陰陽師が仕えていると伺いました。ひとつの家に二人の術師は要らないように思いますが」

話しながら浮かぶのは、文緒の顔だった。『申の亀』の折に出た言葉――天に二つの日はいらぬ――も甦っている。騒ぎあるところに彼の術師あり。もしや、光子の館内で揉め事が起きたのだろうか。それが原因で芦屋道満は、やむなく高階家を去ったのか。

「繰り返しになるが、術師は、いないのかもしれぬ」

吉平は言い、ふたたび式神を塀の向こうに飛ばした。芦屋道満だけでなく、文緒と仲間もいないのだろうか。かつて男女の仲になったことのある吉平は、独特の思念波をとらえられるのかもしれない。

——ここにいないとすれば、いったい、どこにいるのだろう。

御所。

と、すぐに浮かんだ。芦屋道満はわからないが、文緒たちはとうの昔に潜り込んでいるような気がした。晴明親子は気づいていながら、わざと泳がせていることも考えられた。

「貴布禰神社のご神体は、どうなったのでしょう。本当に持っているのでしょうか」

「持って逃げたのかもしれぬ。瘴気がほとんど消え失せたゆえ」

話しているうちに、ふたたび高階家の表門に着いていた。新たに灯された松明で明るくなっている。ここも一等地であるため、内裏や晴明の館からはさほど離れていない。

門番と高階家の家司ではないだろうか。重家たちとやりとりしていたが、家司と思しき者は晴明を見知っていたのだろう。稀代の陰陽師はほとんどの大貴族の館に招かれている。晴明が加わると一礼して、すぐさま門が開かれた。

「大丈夫だ、落ち着け」

吉平の呟きは、自分に言い聞かせているかのよう。小鹿はつい微笑んでいる。ありのままの姿を見せる吉平のお陰で肩の力が抜けた。

「光子様の家司でございます。どうぞ、こちらへ」

挨拶して、案内役になる。二人の貴公子を加えた五人は、殿舎の奥に向かった。所々に灯された灯明台の明かりが、豊かさの象徴に思えた。月も星もない夜が、むしろ特別な日に感じられる。静寂もひとつの『音』となり、いかにも贅沢な貴族の館という印象を受けた。

——カラ。

音もなく、カラが右肩に飛び乗る。いつものように重さは感じさせないが、口に文をくわえていたのが違っていた。

——忠明様。

今日も助手は同道していない。もし、小鹿が来ているのなら手伝ってほしいと記されていた。急いで書いたらしく走り書きだが、ちゃんと読める。小鹿は丁寧に書いても、読めない字になることが多かった。

「晴明様」

小鹿は長い廊下を歩きつつ文を渡した。

「ふむ。光子様には、わたしと重家様たちでお目通りさせていただこう。そなたは、吉平と忠明様のところへゆけ」

「はい」

「これをご覧ください」

晴明は素早く家司に文を見せて了解を得る。そこからはなんの邪魔(じゃま)も入らず別行動になった。小鹿の肩から庇に降りたカラが臨時の案内役となる。緊張感はまったくとらえられなかった。

「すんなり受けていただけましたね」

小鹿は歩きながら言った。

「法師陰陽師たちは、やはり、おらぬのであろう。それにしても、あれはどこへ行ったのか」

あれ、とは『姿絵の男君』に他ならない。消え去ったのであればよいが、まだうろついている場合、伊周に障りが出ることも考えられた。いや、すでに出ているからこそ、忠明が来たのではないか。

「屏風や几帳にでも潜り込んだのかもしれません。描いたのは乙麻呂様のお父上ですが、あれはだれが操っているのでしょうか。封じ込めるためには、描かれていた画布を持って来た方がよかったかもしれませんね」

小鹿の提案に、吉平は同意する。

「姿絵が消えた画布か。確かにな、その方がよかろう。わたしは手配りを調えるゆえ、しばらく、カラを貸してくれぬか」

「わかりました。吉平様、上村主竹麻呂様に文を書いてください。カラは工房を知っていますので、また、使いの役目をはたしてくれると思います」

言い終わらないうちに、カラは庇から吉平の肩に飛び乗る。それが了解の返事なのだろう。話しはしないものの、やりとりはすべて理解していた。

「吉平様」

家司が早足で来る。

「光子様と晴明様のお目通りは、準備を調えました。あとは光子様がお出ましあそばされるだけです。離れへの案内役を務めますので、おいでください」

「ちとお待ちを」

吉平は、素早く文を記して手拭いに包み、カラの首に巻いた。察しがいいのは何度も実証済みだ。すぐに庇へ飛び降りるや、カラは闇の中に消えた。

「自分の役目がわかっているのですか」

家司は好奇の目を向けて、闇の彼方を見つめている。吉平は笑みを返した。

「金華猫の使者です。下手な人間よりも役に立ちますよ」

「ははぁ、あれが噂の金華猫ですか。見た目は普通の三毛猫ですね。悪さをするようには思えません」

家司は庇を歩き出した。渡殿を進んで離れの一角に二人を案内する。芦屋道満に与えられていた離れかもしれない。

家司は、閉められた戸の前に跪いて呼びかけた。

「忠明様。吉平様をご案内いたしました」

待っていたに違いない。すぐに忠明が戸を開けた。

五

「小鹿」

忠明は穏やかな笑みを浮かべた。

「吉平様まで申し訳ありません。ご祈禱をしていただけると助かります。中にお入りください」

身体をずらして中に入るよう示した。小鹿は背筋が伸びるような感じを覚えた。薬草や手当てについて、指南してもらえるのは本当にありがたい。乙麻呂に逢ったときのように、頬が熱くなったり、心ノ臓が激しく脈打ったりはしなかった。

——わたしは、忠明様を薬師の指南役として尊敬している。

それが愛や恋に変わるかどうかはわからない。が、今は教えてもらえることを貪欲に吸収したいと思った。

殿舎には、二つの灯明台が置かれており、看病しやすい静かな明るさが満ちている。御簾がさげられた場所に置かれた御帳台に、伊周は臥しているのだろう。何人かの女房が、出入りしていた。

「いかがですか」

吉平が小声で訊ねる。殿舎の隅に設けられた臨時の薬草処とでも言えばよいだろうか。薄縁の上に、薬草や持ち運べる薬箱、薬研などが置かれていた。

「おそらく、咳逆(流行性感冒)ではないかと思います。咳が止まりませんでしたが、先程、処方した薬湯が効いたらしく、かなり治まってまいりました。ただ、朦朧とした状態が改善されないのです」

忠明は答えて、続けた。

「お付きの方々に聞いた話では、以前より伊周様は軽粉(水銀の粉)を常用なされていたようです。これの影響もあるのか、経過は思わしくありません。ご祈禱をお願いできますでしょうか」

「承知いたしました」

吉平は、目を細めて御簾を見つめる。時折、御簾の向こうに不可解な光が煌めくことに、小鹿も気づいていた。不吉なざわめきが広がっていた。

──『姿絵の男君』がいるのではないかしら。

光すなわち良いものとは限らない。伊周の薄っぺらな偽物は、眩いばかりの輝きを放っていた。本物が臥せった御簾の奥は、逃げ込む先としては最適な場所といえた。

「忠明様は伊周様と直接、お目にかかれたのですか」

吉平の問いに小さくうなずいた。

「はい。お脈を取らせていただきました。伊周様は御所で妹君のご機嫌伺いをなされた後、ご自分の館へは戻らずに真っ直ぐこちらへおいでになられた由。たまたまなのですが、わたしは光子様に薬草を処方するため、来ておりました」

「そうですか」

相変わらず吉平の目は、御簾に向けられている。あのキラキラした煌めきは続いていた。見つめ続ける様子に不審を覚えたのかもしれない。

「なにか気になることでも？」

忠明の問いに小さく頭を振る。

「いや、つまらないことが気になるたちでして……忠明様もお顔の色が、すぐれないように見えますが」

逆に訊き返した。

「断定できないのですが」

忠明は前置きして続ける。

「先程、申しあげましたように、咳がひどかったので効く薬湯を処方したのです。ですが、どうもただの咳逆ではないように感じました。もしかしたら、『狂病』かもしれないと」

最後の部分では、いっそう声をひそめた。久留比也民とも呼ばれる疾患で、通常は産後の女性や思春期の少年にみられる神経症のことだ。物狂いやもののけ、神の祟り、狐憑き等々、憑きものによると考えられていた。

「憑きもの」

小鹿は小声で呟いた。伊周に憑いているのは、『姿絵の男君』ではないだろうか。あんな物の怪がいるのは初めて知ったが、この目で見た以上、否定するつもりはなかった。

「心当たりがあるのか」

　忠明が目を向けた。

「あ、いえ、はっきりとは」

　無意識のうちに、背中に携えた桑弧桃矢にふれていた。さっきは射てなかったが、次こそはと気合いを高める。金華猫を射つときでさえ、なかなか矢を放てなかった。躊躇いが命取りになるかもしれない。

　――伊周様をお救いするためにも。

　気持ちをしっかり持たなければと自分に言い聞かせた。

「カラを使いにやりまして、あるものが届くのを待っております。さらに父も光子様へのお目通りが終われば、こちらにまいりましょう。伊周様に憑いている物の怪は、届けられるものを使って封じ込めるのが、得策ではないかと存じます」

　吉平が代わりに答えた。

「カラか。利口な猫だ。考えただけで気持ちが伝わるらしく、小鹿宛ての文を咥えて飛び出して行った」

　話が逸れたと思ったのだろう、

「すまぬが、これを薬研で細かく磨り潰してくれぬか」

小鹿に木片のようなものを渡した。

「なんでございますか」

「ネムノキだ。軽粉の害に効くと言われている。細かい粉末にして白湯(さゆ)で服用するのだが、薬湯にした方が服(の)みやすいだろう。咳逆の薬もそのようにして、お服みいただいたゆえ」

「それでは磨り潰した後、熱い湯で溶かします」

「頼む」

「わたしは、頼んだものが届いたか、見てまいります。また、ご祈禱はこちらで執り行った方がよいと思います。ついでに父を呼んでまいりますので」

吉平は言い置いて、いったん離れの殿舎をあとにする。小鹿は心細さを覚えたが、甘え心が出ていると己を叱(しか)りつけた。

――いつもひとりで切り抜けてきた。

たとえ晴明や吉平がいても、ひとりだったときの心構えを、忘れてはならないと思った。薬研を使い、ネムノキを磨り潰し始める。御簾越しに視える光は頻度を増していたが、女房たちは気づかないのだろうか。

「御簾の向こうで光る黄金色の輝きですが」

小鹿は遠慮がちに切り出した。

「忠明様にも視えていらっしゃいますか」

「え？」

薬草を調合していた忠明は目をあげる。そのまま視線を御簾に移したが、ぴんとこなかったのかもしれない。

「いや、わたしには御簾しか見えないが」

「伊周様のお脈をとられたときは、いかがだったでしょう。なにか異変を感じませんでしたか」

「特に感じなかったが……」

答えは、女房の悲鳴に遮られた。御帳台についていた女房たちが、御簾を揺らしながら飛び出して来る。総勢三人、動きにくい正装の十二単衣のせいで、二人は前のめりになって転んだ。自分の衣裳を踏んだためであるのは言うまでもない。

「いかがなされましたか」

忠明のどこか間の抜けた丁寧な問いに、答えは返らなかった。小鹿は左手に桑弧桃矢を持って立ちあがる。震えながら御帳台を指さす女房たちを、庇に行けと仕草で伝えた。すぐさま忠明が隣に来る。

「伊周様。丹波忠明でございます。大丈夫でございますか」

呼びかけたが、これまた返事はない。御簾越しの光は少しずつ強くなっていた。殿舎にも明かりは置かれているが、必要ないほどに明るくなっている。

「忠明様」

小鹿が促すと、忠明は思いきって御簾をあげた。あまりの眩しさに一瞬、目をつぶってしまう。瞬きして目を慣らしたが、見えたのは光り輝く伊周だった。

「………」

異様な光景に、小鹿は声を失った。伊周は、仰向けに横たわったまま起きあがろうとはしない。忠明はごくりと唾を呑み、わずかだが前に出た。

「伊周様」

恐ろしさを抑えて、震えながら手首を取る。脈をはかるつもりなのだろう。薬師としての役目を懸命にはたそうとしていた。何度も呼びかけるのだが、伊周は横たわったまま答えなかった。

諦めずに呼びかけたとき、突如、かっと伊周が両目を見開いた。

「忠明様」

小鹿は反射的に、忠明の腕を引く。ゆっくりと伊周が起きあがった。大きく目を見開いて前を見据えている。御帳台に上半身だけ起こしたのだが……もうひとりの伊周は固く目を閉じて、まだ仰向けに横たわっていた。

——まさか。

小鹿は息を呑む。そう、起きあがったのは『姿絵の男君』だった。一番隠れやすい場所、病で臥した伊周に重なっていたのである。床に両足をおろして、完全に分離した。横から見ると紙のごとき薄さだが、正面の姿はまぎれもなき貴族の男君。

「な、な、こ、これ」

忠明は激しい驚愕で話せなくなっていた。身体だけでなく、顎（あご）がガクガクと震えている。小鹿は仕草でさがらせた。

「御簾の外へお行きください」

掠（かす）れた声で言い、動けない忠明を身体全体で押すようにする。さがりながらも気丈に見据えて、桑弧に桃矢をつがえた。どうにか御簾から出て、押されるように後ずさる。庇まで逃げた三人の女房は、腰がぬけてしまったのか、座り込んでいた。

「伊周様、目をお醒（さ）ましください」

小鹿は声をはりあげる。

「起きてくださいませ！」

本物が目覚めれば、眼前の男君は消えるかもしれない。淡い期待に縋ったが、物の怪はじりじりと迫って来た。動揺のあまり、両手が震えてしまい、桑弧に矢をつがえられなかった。

「お逃げください」

かろうじて、忠明に告げた。

「女房たちを連れて早く！」

そこで正気を取り戻したのだろう、忠明は庇に座り込んだ三人を立たせた。小鹿は男君を睨み据えているため確かめられないが、ここで食い止めなければ忠明ともども死ぬ。物の怪は武器を持っていないが、おそらくヒトの生気を吸い取るのではないだろうか。

男君が近づくにつれて、身体から力が抜けていった。これが答えのように思えた。

「近づくな」

勇気を振り絞って警告する。

「それ以上、近づけば射つ」

なんの役にも立たない。小鹿は気合いとともに矢を放った。しかし、震えが仇となり、渾身の一撃は男君の頭上を通り過ぎた。急いで二の矢を矢筒から取ろうとしたが、均衡をくずして尻餅をついた。

眼前に物の怪が迫る、右手を小鹿の頭にかざした。黄金色の輝きが、驟雨のように降り注ぐ。とたんに力が抜けて動けなくなった。

「……………」

もう駄目だ。

意識がすぅっと遠のいた刹那、

「ぎゃっ」

異様な叫び声がひびいた。飛び込んで来たカラが、男君の顔に噛みついている。それを見て力が戻った。小鹿は足を踏ん張って立ちあがる。

——お許しを。

今度こそ、矢をつがえて射った。以心伝心、カラはいち早く離れる。放たれた桃矢は、男君の胸を見事に射貫いた。空を切るように両手を泳がせたが……次の瞬間、男君は消え失せた。

「無事か、怪我はないか」

吉平がすぐに来る。晴明や乙麻呂と一緒に運び入れたのだろう。伊周を描いた画布が、殿舎の壁に立てかけられていた。抜け出した男君は、画布に戻っている。

「大丈夫です。かなり生気を吸い取られましたが」

手を借りて立ちあがる。すぐにカラが、右肩に飛び乗った。冷え切っていた身体が、ふわりと温かくなる。カラから力強い霊力が流れ込んできた。

「伊周様は」

忠明は真っ直ぐ御帳台に向かった。おそるおそるという感じで、三人の女房も姿を見せる。みな悪夢から醒めたばかりという顔をしていた。

「見事な腕前じゃ」

晴明は、乙麻呂と一緒に『姿絵の男君』を見つめている。胸を射貫(いぬ)いた桃矢が、画布に突き刺さったままになっていた。さらにカラが噛みついた痕(あと)が、右頬にはっきり残っている。画布から突き出した桃矢に、乙麻呂はそっと触れた。

「これは、このままにしておいた方がよいかもしれません。伊周様の姿絵は、新たに描いた方がよろしいのではないかと思います」

奇々怪々な出来事が起きた証として姿絵を残せと言っていた。異存はない。が、はからずも吉平が名付けた『写絵の術』は、魂をも抜き取る恐ろしい外術であることがわかった。

――また、試してみたのかもしれない。

小鹿は冷静に判断していた。文緒は『妖面』のときも、小鹿の同僚だった椿で試したふしがある。今度は、いったい、なにを目論んでいるのか。

不安が消えなかった。

第七帖　咲くやこの花

一

「ぼんやり憶(おぼ)えている」

　藤原伊周は言った。

「長い夢をみているような感じがした。高階光子様の館を取り巻く塀で舞ったときは、実際に口ずさんでいたと思う。晴明と吉平、そして、小鹿がいるのを視(み)たかもしれない。そう、重家殿や成信殿の姿もあったような」

　話から推測すると、画布（キャンバス）から抜け出した『姿絵の男君』は、伊周の分身(ぶんしん)だったことが考えられた。偽物は本物の霊力を使い、動いていたのだろう。封じ込められなければ、どうなっていたか。

「御不例になられたかもしれぬ」

晴明が言った。

「恐ろしい外術じゃ。『申の亀』は、彼の者の仕業かもしれぬ。咎人は宣戦布告したように思えなくもない」

「御所の追捕隊を、攪乱する意味もあったのではないでしょうか」

継いだ小鹿に同意する。

「それも充分、考えられることじゃ。帝が描かれた姿絵を用いれば、偽物、これは分身と呼ぶべきであろうな。分身を誕生させて、帝はむろんのこと内裏を思うままに操れる。気を抜いたそのときが、謀反派にとっては好機。すぐさま本物の帝を亡き者にし、すり替わるのではあるまいか」

今も密かに動いているかもしれない謀反の企み。伊周の姿絵を用いたのは、小鹿の考え通り、新たな外術が使えるかどうか、試してみた可能性が高かった。

「道摩法師の企てなのです」

高階光子は言い訳に終始した。藤原道長が自ら光子の館へ出向き、晴明親子立ち会いのもと、聞き取りを行っていた。

「館の庭に鳥居や小さな社を勝手に設け、獣を贄として捧げておりました。わたくしはもちろんですが、伊周殿もいいように利用されたのです。早く出て行けと強く命じて退去させました」

退去する条件として、多額のお布施を要求したかもしれない。光子が金主の役目を担っていたのは、間違いないと思われた。

「社に祀られていたのは、もしや、貴布禰神社のご神体でしょうか」

晴明の問いに同意して続ける。

「はい。そのように聞いた憶えがございます。疑いをいだかれるような行いをしたことは、重々承知しております。しばらく謹慎いたしたく思います」

庭には、血腥い瘴気が残っていた。急いで取り壊したに違いない。鳥居や社には、殺められた鳥や獣の死骸が山のように積まれていたのを確認している。奪い取ったと思しき貴布禰神社のご神体は持ち去ったのだろう。残念ながら発見できずに終わっていた。

「わたしは、御所に入り込んでいると思います」

小鹿の考えを、晴明は渋面で受けた。

「かなり早い時点で、そう言うていたな。小鹿は咎人がなりすましている者に、心当たりがあるのか」

「ひとり、気になる女君がおります。式神に見張らせるのが、よろしいのではないかと思います次第」

式神は気づかれてしまうだろうが、企みは看過していると知らせることによって、咎人がやりにくくなるのは必至。それで手を引くとは思えないが……小鹿は自ら名乗り出て、罪を償ってほしかった。

「今、お話しした女君になりすましているとしたら、咎人が『妖面』を用いたのは確かです。重家様と成信様に小弓の稽古をつけていただきましたが、思うように射てるかどうか。不安です」

桑弧桃矢を巧く使えば、必ずや外術を破れるという晴明の助言によって、寝る間も惜しみ稽古をしてきた。が、恐れをともなう不安は消せなかった。

「己を信じることじゃ」

そう告げる晴明もまた、眸が揺れていた。

「すまぬ。わしがこれでは、小鹿に自信を与えられぬな。ただ……いやな胸騒ぎが消えぬのじゃ。新たな外術、吉平が名付けた『写絵の術』を用いて、なにをするつもりなのか。万が一にそなえて、帝の姿絵は藤原行成様が指揮を執って厳重に見張っているが」

「さらに別の、新たな外術を使うかもしれないと？」

小鹿は胸のざわめきを消したくて問いかける。

「いや、それはないと思うが」

晴明の憂悶は深い。

「なんとしても食い止めねばならぬ。慈悲の心で弓矢を射つのじゃ。怒りや憎しみではない、慈悲の心よ。辛い戦いになるだろうが」

語尾が曖昧に消える。

天眼通で視えているのか。

慈悲の心で弓矢を射つ。

その部分が木霊のように、繰り返し、ひびいていた。


五日後。

紫宸殿の前庭に設けられた審議の場には、道長を含む主だった貴族官僚が顔を揃えていた。狩衣姿の小鹿と晴明親子、そして、小鹿の右肩に乗ったカラの後ろには、二人の貴公子——藤原重家と源成信が控えている。それが頼もしく感じられた。

顔色はまだすぐれないが、藤原伊周も参加している。弟の隆家が一緒なのは、自分たちに向けられた謀反の疑いを晴らすためと思われた。

殿舎にさげられた御簾の奥には、一条天皇が座しているのだろう。庇には十二単衣姿の女房たちが勢揃いしている。寝殿の装飾のひとつと言われる打出のようにも見えた。中宮の名代としてかもしれない。あるいは優秀な女房として声がかかったのか。清少納言が筆頭役として控えていた。

空は青く澄み渡って、春の訪れを感じられるほどに暖かくなっている。比較的、過ごしやすい天気になったのは幸いといえた。

――忠明様。

小鹿は、少納言の隣に忠明が座ったのを見た。お祭り騒ぎの審議はきらう気質に思えたが……画部の上村主乙麻呂は参加していなかった。華やかな雰囲気は、まるで宴のよう。ほとんどの者は見世物を楽しむ観客に思えた。

――そして、木幡様のお隣には、右大臣様。

小鹿は右側に目を走らせる。右大臣の藤原顕光は、五十代後半の上級貴族だが、『文緒騒動』のときに深く関わっていたはずなのに、これといった処罰は受けていない。道長に賄賂でも贈ったのか、涼しい顔で木幡邦広の隣に立っていた。

「それでは、これから木幡邦広の審議を行う。嫌疑は木幡が武蔵国に受領（国司）として赴任していたとき、書生だった尾張浄人を殺めたというものだ」

道長が当然のように、裁く役目を担っていた。正装で庇に立ち、睨みをきかせている。万が一にそなえているのだろう。御簾の近くには、源頼光が控えていた。

動と静、力と美、紫宸殿と後宮。

軍事貴族の物々しさと、十二単衣の艶やかさがないまぜになり、独特の空気が満ちていた。さらに金華猫と木幡邦広の対決とあって物見高い御所勤めの野次馬が大勢、集まっている。随身や女童、下方の者が、庇や渡殿を埋めつくしていた。

前庭は立錐の余地もないほどだった。

――浄人様のお父上とお母上。

御簾近くの庇には、尾張浄人の両親や身内と思しき者も控えていた。両親については、小鹿たちが来た時点で晴明が挨拶を受けている。

――許されれば証言すると仰っていた。

無意識のうちに、左手に持つ桑弧をきつく握りしめている。背中には矢筒をくくりつけていたが、使わないで済むことを祈らずにいられない。

――おいでになられた。

晴明に訊ねられた気になる女君が、野次馬の端にそっと加わったのを見た。女君と関わりはないだろうが、遅れて来た仲也も顔を出した。

　これで役者が揃ったことになる。

「木幡邦広。前へ」

　道長に命じられて、邦広が一歩、前に出た。

「はい」

　白い玉砂利を踏みしめる音が、やけに大きくひびいた。みな聞きのがすまいと耳に意識を集めているのかもしれない。静寂が緊張感をいっそう高めた。

「まずは、宣旨升についてだ。帝の命を受けて武蔵国に赴いた検非違使は、確かに宣旨升が使われていた旨、民から話を得た由。税の不法な徴収が執り行われていたことは確認できた。この件についてはどうか」

「以前、お話しいたしました通りでございます。わたくしは、宣旨升が使われていたことすら知りませんでした。尾張浄人が勝手に不正を働き、私腹を肥やしたというのが真実でございます」

　違うというように、右肩のカラが低く唸った。浄人の二親も反論するべく、手を挙げている。だが、道長は待てと仕草で示すにとどめた。

「民の中には、宣旨升を命じたのは受領の木幡邦広だと証言する者もいたと聞く。そもそも尾張は書生であったため、税を徴収する際、立ち会ってさえいなかった由。その方の言い分が真実だとすれば、これらの証言は偽りとなるが」

「偽りでございます。自ら犯した罪を、わたくしに着せるつもりだったのではないでしょうか。激しい憤りを覚えております」

小鹿の右肩のカラが、いっそう唸り声を大きくする。憤りを覚えているのは、こっちだと訴えたように感じられた。

「単刀直入に訊く。尾張浄人を殺めたか」

足下に置かれた骨蔵器（骨壺）を目で指した。浄人の二親が、納骨を遅らせて今日にそなえたのである。邦広は即座に頭を振った。

「わたくしは殺めておりません。浄人を殺めたのは、二匹の金華猫です。一匹は消滅しましたが、もう一匹は中宮様に仕える針女の近くにおります」

わざわざ指さしたのが、腹立たしくてならない。また、中宮様と口にしたのも不愉快極まりなかった。指さしたことで伝わるではないか。中宮・定子を貶めようとする邦広の強い悪意を感じた。

「カラであったな」

道長は小鹿に目を向ける。

「はい。自分を可愛がってくれた尾張様が殺められたのを見て、なんとしても訴えようとしたのではないかと思います。尾張様に化けて出仕しておりました。平然と偽りの証言をする人間よりもずっと健気だと、わたくしは感じております」

「平然と偽りの証言をする人間とは、もしや、わたくしのことですか」

邦広はすぐさま反論する。

「そうであるならば、聞き捨てなりませんな。死人に口なしとばかりに、偽りを申し立てる化け猫など言語道断。審議に参加すること自体、許されないと思います。今すぐ退出させていただきたく思います次第」

「…………」

小鹿は、呆れてしまった。死人に口なしは、こちらの台詞ではないか。よくもまあ、しらじらしいことを言えるものだ。

「カラが審議に参加するのは、帝がお望みあそばされたことであるため、このまま続行する。化け猫という表現は以後、慎むように」

さすがに道長も窘めて、続けた。

「さて、いくつか木幡に問いたい」

「は」

神妙な顔で頭を垂れる。助言だろうか。横に立つ右大臣の顕光が、耳もとになにか囁いた。邦広は何度もうなずいている。

「当初、その方はこう言っていた。尾張浄人は流行り病で死んだ、とな。この件に関してはどうだ。流行り病で死んだのではないのか。他の者に伝染ってはいけないと思い、急ぎ火葬にして骨蔵器に納めたのではないのか」

文書を見ながら、さらに言った。

「尾張の両親に渡すつもりだったのだが、金華猫が尾張に化けてなりすましたことから、公にするのが遅れた。戸惑っているうちに時が過ぎたという流れよ。そういう意味においては、金華猫の仕業かもしれぬ。もっとも尾張を慕うあまりの騒ぎかもしれぬがな。それが真実ではないのか」

道長は解決策と思しき言葉を投げた。金華猫が殺めた説では、カラを押す帝を得心させられないと考えたのか。流行り病ゆえ木幡側にも尾張側にも落ち度はない。従ってこれ以上の審議は無用と、八方丸く収めようとする思惑が見え隠れしていた。

顕光が耳打ちしたのは、おそらく答えだったのだろう、

「仰せの通りにございます」

邦広はいとも簡単に受けた。

「あまりにも辛い出来事でしたので、記憶違いが生じているようです。尾張浄人は、流行り病で命を落としました。殺められたわけではありません。わたくしはもちろんですが、金華猫にも関わりなきことであると存じます」

堂々と告げる顔は、まさに厚顔無恥の体をなしている。

「お待ちください」

浄人の父親が立ちあがった。耐えきれないという様子に感じられた。

「浄人の骨には、刃物らしき傷痕が残っておりました。胸の骨であることは、薬師の丹波忠明様にご覧いただいたうえで、お答えをいただいております」

と、視線で促された忠明が立ちあがる。居並ぶ貴族や野次馬たちに、小さなざわめきが広がった。骨を見てわかるのか、薬師などあてにならぬ、いや、証のひとつになろう等々、思いつくまま話していた。

「帝の御前ぞ。静粛に」

道長が申し渡して、忠明に目を向けた。

「お答えいただこうか」

まさか薬師が出てくるとは思っていなかったのか、左大臣の顔には苦笑いが浮かんでいた。木幡邦広が答えて終わる予定だったのかもしれない。意外な証人の出現に、少なからず戸惑いを見せたように思えた。

「確かに尾張浄人様の骨を拝見いたしました。これでございます」

と、庇に置いていた包みを取る。小鹿はすぐ取りに行き、忠明の手にあった包みを受け取って、道長のもとに行った。カラは右肩に乗ったままである。居並ぶ者たちの目が、小鹿の動きを追い、いっせいに動いた。

「尾張浄人の骨か」

道長は布を開いて呟いた。次に出る言葉が想像できたのか、

「間違いなく胸の骨でございます」

忠明が先んじて告げた。

「畏れ多いことなのですが、死んだ咎人の胸や腹を開き、この目で見ております。学ぶためであるのは言うまでもなきこと。その骨はこのあたりの」

右手で胸の真ん中あたりを指して、続ける。

「骨であるのは間違いありません。硬い骨に傷痕が残ったのは、鋭い刃物で胸を突き刺されたからであろうと思います。このことから、尾張様は流行り病で亡くなられたのではないと、わたくしは考えました」

あくまでも私見だと述べる点に、忠明らしさが表れていた。対する邦広は、あきら

かに動揺していた。

「み、自ら胸を刺したのです」

思わずという感じで口走る。顕光が睨みつけたものの、隣の右大臣を気にする余裕を失くしていた。

「正妻にしようとしていた女子、これは金華猫が化けた美しい女君ですが、見事に逃げられてしまいました。有り金を残らず持ち去られたと聞いております。それを苦にしたのでしょう。浄人は自分の短刀で胸を刺しつらぬきました。止める暇があればこそ……」

不意に言葉を止める。小鹿の肩から音もなく降りたカラが、見る間に姿を変化させた。瞬きする間に現れたのは、十二単衣を纏った美しい女君。

「多治比文緒」

小鹿は我知らず告げていた。そう、眼前に出現したのは、咎人の文緒だった。すっと立ちあがるや、豊かな黒髪が音もなく地面に流れ落ちる。

紫宸殿の前庭は、一瞬、不気味な静けさに覆われた。

二

しかし、次に起きたのは大きなどよめきだった。

「金華猫が化けたぞ」

「だれだ？」

「多治比文緒よ。島脱けした咎人じゃ」

信じがたい変化を見て、驚き、狼狽えていた。大騒ぎになっている。静まれと何度も道長が命じたが、おさまらない。見かねた源頼光が、一歩、前に出る。

「審議中である。静まれ！」

ビリリと空気が震えるほどの大声だった。一喝しただけで静寂が戻る。小鹿は心の中で呟いた。

――やはり、カラは、審議のために霊力を蓄えていた。

それにしてもと思っている。よりにもよって、文緒に変化するとはどういうことなのか。

小鹿が不愉快に思うのはわかっているはず。以心伝心の間柄だっただけに違和感が湧いた。

　疑問が伝わったのかもしれない。

「わたくしは、多治比文緒。木幡邦広様が武蔵国に赴任されていたとき、女房として仕えておりました。わたくしを正妻にと望んだのは、尾張浄人様ではありません」

　右手があがって白い指が邦広を指した。

「木幡邦広様です」

　十二単衣の長い袖が、ゆらゆら揺れている。まさに妖怪変化だったが、眼前で見てもなかなか受け入れられない。名指しされた邦広は、真っ青になった。

「…………」

「その男は、宣旨升を使い、不当に税を徴収しておりました。さらに提出する書類を改竄するよう、書生だった尾張様に命じたのです。正義感の強い尾張様は、もちろん断りました。真実を訴えると言ったとき」

　声が震えてしまい、話せなくなる。カラは泣いていた。浄人がどれほど大切にしていたか、頬を伝う涙に表れていた。

「殺めたのです、尾張様の胸を短刀で刺したのです」

　振り絞るように告げて、邦広を睨みつける。

「すぐに火葬したのは、死因をわからなくするためでしょう。刺された胸から大量の血が流れましたので。骨蔵器に納めて遺骨を隠した後、京の館の庭に埋めました。一部始終を見たわたしは、尾張様に化け、なにが起きたかを知らせようとしたのです」

カラの訴えに衝撃を受けたのは、邦広だけではない。小鹿も実母の信じられない行動を聞き、平静ではいられなかった。

大丈夫か?

隣に来た吉平が、軽く肩を抱いた。騒ぎあるところ、彼の咎人あり。認めたくはないが、カラの言動が真実を教えていた。

――なぜ、尾張様を。

無念の思いを懸命にこらえている。まさか、尾張浄人の金華猫騒動に、文緒が関わっているとは思わず、心の準備が遅れた。騒ぎを好むのは気質だろうか。宣旨升を使うように、木幡邦広をそそのかしたのではないか。裏で糸を引いたのは、文緒ではないのか。

微笑(わら)いながら刺すのを見ていた姿が脳裏に浮かんだ。

「木幡邦広」

道長もまた、当惑しているようだった。

「カラの話は真実なのか」

ちらちらとカラが化けた文緒に目を走らせている。小鹿の推測にすぎないが、もしかしたら、閨をともにしたことがあるのかもしれない。無視できない流れになっているのは確かなようだった。

「い、いいえ、先程、申しあげた通りです。お、尾張浄人は自ら短刀で胸を刺しました。わた、わたくしにはいっさい関わりないことです。か、関わり、いいえ、殺めたのはわたくしではありません」

邦広は真っ直ぐカラを指した。

「あの化け猫です」

言い訳の途中でふと閃いたのかもしれない。互いに指さして睨み合っていたが……カラは霊力が限界だったのだろう、

「カラ」

文緒が消えて、三毛猫の姿に戻った。小鹿は抱きあげて狩衣の胸元に入れる。身体が氷のように冷え切っていた。

「あらためて、申しあげます。わたくしは、尾張浄人を殺めておりません。化け猫が、いや、多治比文緒です。島脱けした咎人が、短刀で胸を刺したのです。残虐な女子で

ございますゆえ、笑いながら……」

うっと邦広は声を詰まらせた。両手で喉を摑み、崩れ落ちるように座り込む。宙を摑むように両手を泳がせた後、突然、大量の血を吐いた。そのままうつ伏せの状態で白い玉砂利に横たわる。口からあふれ出る血が、玉砂利を真っ赤に染めていった。

「こ、木幡」

道長は立ちつくし、顕光は素早く邦広から離れた。野次馬たちは口々に「鬼撃病だ」と叫びながら逃げる。小鹿は問題の女君を見たが、いなくなっていた。晴明の姿もない。伸也がうわーっと大声をあげた。

「お、おれ、おれも、だれか、多治比文緒だ、あの女が化けていたんだ。だれか、だれか助けて！」

女君がいた場所を指しながら喉をかきむしっている。呼吸が苦しいのか、大きく口を開けて喘いでいた。小鹿は吉平とともに駆け寄る。

「伸也、しっかりして」

「落ち着け。ゆっくり深呼吸しろ」

二人と一緒に、忠明と二人の貴公子が動いた。白い玉砂利に倒れた木幡邦広の様子を確かめる。

「駄目です」

忠明が頭を振る。

「おそらく鬼撃病でしょう」

吉平は継ぎ、二人の貴公子に告げる。

「帝や女房たちを安全な場所、とりあえず、清涼殿へ避難させてください。木幡様は守り札とでも言われて、咎人から呪符を渡されていたのかもしれません。死人に口なしを実行したように思います」

晴明と一緒に動いたのか、源頼光の姿も見えなくなっていた。事前に段取りを調えていたに違いない。

「わかりました。避難させましたら、すぐにまいります」

重家は答えて、成信とともに女房や女童たちのもとへ走る。小鹿は、桑弧桃矢を握りしめて立ちあがった。

「あの女君は」

晴明の式神と思しき神将が、頭上を旋回していた。と、建礼門の方角へ飛び始める。

「吉平様」

声を掛けるや、全速力で追いかけた。カラは少し元気が出たのか、胸元から顔を突き出している。晴明は無事だろうか。老陰陽師をひとりで行かせてしまったことに焦りを覚えた。思いのほか、カラが化けた文緒に動揺していたらしい。

「小鹿は」

吉平はそう言いかけて、やめた。殿舎に戻れと言うつもりだったのだろうが、無駄だと気づいたに違いない。小鹿と吉平は、内裏の建礼門を通り過ぎて走る。大内裏の朱雀門まで続く道が、永遠に続くように感じられた。

「よいか、小鹿」

晴明の言葉を思い出さずにいられない。二人の貴公子から弓矢の指南を受けていたときの話だ。

「桑弧桃矢は不思議な小弓なのじゃ。怒りや憎しみを持って射つと、射たれた相手は間違いなく死ぬ。むろん成仏させられるのだが、要は射つ者の心次第という厄介な面を持つ小弓よ。着けた貌だけ剝がせられれば、奪い取られた犠牲者の魂も救われる。致命傷を与えぬよう、慈悲の心を常に持て」

むずかしい課題だった。怒りや憎しみ、そういった負の感情を抑え込み、慈悲の心で射てるだろうか。

「貌を奪われた者を想うのじゃ。他のことを考えてはならぬ」

――はい、晴明様。

大内裏の朱雀門へ近づくにつれて、検非違使の姿が増えてきた。やはり、あらかじめ段取りが決められていたのだろう。小鹿は吉平と懸命に走っている。

稽古の甲斐あってと言うべきか。

足が速くなり、息切れもしなくなっていた。

「桔梗様」

小鹿は見た。

お年召し様の桔梗が、閉められた朱雀門を背にして立っている。体調が思わしくなかったため、忠明のもとへ薬草を取りに来た女君だ。文緒は『妖面』の外術を用いて、貌を奪い取ったのだろう。薬草を取りに来たあのとき、すでにすり替わっていたのかもしれない。

藤袴と仲のよかった友を犠牲にしたのは、母に対する復讐のひとつだろうか。

「小鹿」

晴明が桔梗の近くで待っていた。呪術で動けなくさせたのかもしれない。朱雀門に縫い止められているように見えた。頼光が弓に矢をつがえて射つ準備をしている。

「おやめください。わたくしはなにもしておりません」

桔梗は弱々しく訴えた。

「長年、内裏にお勤めしてまいりました。なぜ、矢を向けられねばならぬのか。年老いた嫗をかような目に遭わせることを、主上はお許しになりません。どうか弓をお引きくださいませ」

涙をためた言葉に、検非違使はたじろぎ、弓矢をさげる。が、頼光だけは狙いを定めたままだった。

「小鹿」

晴明に言われて前に出る。慈悲の心で射つ術はたったひとつ、桑弧を握り締めて矢をつがえた。

――藤袴様。

愛しい祖母だと思い、あらん限りの想いを込める。小鹿は桔梗の額めがけて渾身の一撃を放った。

「う！」

嫗は両手を広げて硬直する。ピシッと音が聴こえたように感じた刹那、桔梗の貌の真ん中に亀裂が走った。面が割れるように、左右に分かれて、落ちる。

「文緒」

と、呟いたのは吉平だった。妖面が剝がれ落ちた下からは、少し大人びた小鹿の顔が現れる。実際に外術を見たのは初めてだったに違いない。

「…………」

頼光を含む追捕隊は、呆然（ぼうぜん）としていた。

三

朱雀門が開き始める。

重い音をひびかせながら、門が開いていった。文緒は笑っている。捕まえられるものなら捕まえてみろとばかりに手招きしていた。

「頼光様っ」

晴明の呼びかけがひびいた。強い警戒心が込められていた。その叫び声で己を取り戻した頼光と検非違使たちは、文緒めがけて次々に矢を射かけた。ふわりと小袖が宙を舞う。これもまた、外術のひとつなのかもしれない。

射ったはずの矢は、すべて小袖に突き刺さっていた。文緒の姿はなくなっている。

「咎人は」

頼光の鋭い目は、開いた朱雀門を飛び出す文緒に向けられた。小鹿も急いで門の外に出る。決戦が近いのを感じたのだろう、カラが素早く右肩の定位置に落ち着いた。無理をしなくていいのにと思いつつも心強さを覚えている。もはや小鹿と金華猫は一心同体、互いを必要としていた。

「これは」

小鹿は息を呑む。朱雀門の前には、信じられない光景が出現していた。馬に跨がった四天王と七、八十人の検非違使の歩兵隊が、大内裏を背にして守りを固めている。民は事前に避難したのか、姿はない。源頼光は用意されていた馬に飛び乗った。敵兵を迎え撃つべく陣形を組んでいるのも道理、相対する形で敵側の兵士が勢揃いしていた。

馬に跨がった騎兵が約二十騎、歩兵は五十ぐらいか。兵士はみな黒い鎧兜を着けている。文緒も頼光同様、ひとりが牽いていた馬に素早く飛び乗った。鍛錬を積んでいたのかもしれない。非常に身が軽かった。

これらの装備を見ただけでも、後ろにいるだれかを想像してしまう。藤原顕光か、高階光子か、あるいは両方か。さらに金が取れそうな貴族や商人を脅すようにして手に入れたのか。

――どうぞお受け取りくださいと寄付したのかもしれない。

義賊まがいの行いに、賛同した民もいるだろう。刀や槍、弓矢なども真新しい品を持っていた。

「不死身部隊を相手に戦うか、頼光よ」

文緒は、嘲笑うように言った。小袖を脱いだ下には、小鹿を真似たような狩衣を着ている。文緒の隣に並んでいた騎兵が前に出た。この一騎だけは赤い鎧兜を着け、赤い鬼面で顔を覆っていた。

「我の隣におわすは、焉王様なり」

文緒が高らかに宣言する。

「『申の亀』は脅しに非ず。焉王様が現世に降り立たれた今、逆だった天地を元に戻すのは当然の成り行きよ。なによりも天がそれを望んでいる。見るがよい。貴布禰神社のご神体は、贄を得て鬼力が増したわ」

合図に従い、後ろに控えていた輿が隣に来た。法師姿の芦屋道満が、数珠を手にして呪文を唱えている。輿に載せられた小さな社からは凄まじい瘴気――威力を増した邪悪な瘴鬼が噴きあがっている。高階光子の館で視た鬼が、いちだんと大きくなって現れた。吹きつける強い風に乗って、どす黒い瘴鬼が頼光部隊に迫る。

尖った鋭利な爪の形をしているものが、数えきれないほど現れた。風が無数の鉤爪に変化していた。引っ掻かれたが最後、生気を吸い取られるのは間違いない。

「御所には入れぬ」

晴明が負けじと声をあげた。吉平と宮廷陰陽師が、朱雀門の左右に分かれて呪文を唱え出している。手筈を調えていたのは確かだろう。迫り来る暗黒の鉤爪は、頼光部隊の直前でぴたりと止まり、すみやかに逆風へと変化する。

文緒部隊に暗黒の鉤爪が襲いかかろうとした刹那、直前で霧のように消え失せた。消滅させられなければ自分たちが命を失ったのは間違いない。文緒もまた、すぐれた呪禁師であることを見せつけた。

「おれの出番か」

赤い鬼面の騎兵が、かなり近くまで来る。頼光の合図で四天王や歩兵の弓矢隊が矢をつがえた。晴明と吉平は、宮廷陰陽師と油断なく呪文を唱えている。いつまた、恐ろしい瘴鬼が襲いかかって来るかわからない。氣を張り詰めていた。

——カラ？

小鹿の右肩でカラは、威嚇の唸り声をあげていた。赤い鬼面の男をひどく警戒しているのが伝わってきた。全身の毛が逆立っている。赤い鬼面の男は、ゆっくり面を外した。暗くなっていた空から稲光が伸びる。

「ひさしぶりだな、頼光よ」

赤い鬼面の男は言った。稲光が明かりとなって、若い顔を浮かびあがらせた。

「この顔に憶えがないとは言わせぬ。藤原保輔だ。きさまに一太刀、浴びせかけるために地獄から舞い戻って来たのよ。おれが焉王となって、新たな帝になろうではないか。そこを退け」

重々しく申し渡した。頼光や四天王たちに衝撃が走ったのは確かだろう。まさか、嘘だ、保輔は死んだはずだ。狼狽えた叫び声がひびいている。

「…………」

小鹿は穴が開くほど凝視めた。桜の屏風に直衣姿の男君として浮かびあがった藤原保輔。まさにあの顔を持つ若い男が、馬に跨がって挑戦的な目を向けている。

過去に起きた保輔の騒ぎを知らない歩兵たちも、ただならぬ事態であるのは察したのかもしれない。

「ぼ、亡霊だっ、取り殺されるぞっ」

ひとりが叫び、大内裏の中に逃げる。他の歩兵も続こうとしたが、四天王の二人が槍を突き出して制した。嫌々だろうが、もとの場所に戻る。

つけていた。

「まさか」

頼光も信じられないというように目を見開き、藤原保輔と名乗った若い兵士を睨みつけていた。

「本当に藤原保輔か？」

疑問の呟きが出た。訊かずにいられなかったのかもしれない。藤原保輔は自ら腹を刺して死んだ。追捕隊に加わっていた頼光や四天王は、死に様を見たはずだ。それだけに違和感が大きかったのではないだろうか。

「いかにも、藤原保輔よ」

保輔は、あらためて名乗りをあげた。

「またの名を焉王とも言うがな。我が妻、多治比文緒は優れた呪禁師。さらに芦屋道満の霊力も借りて甦った。『甲の亀』の警告を素直に受け入れて退けばよし、あくまでも戦うというのであれば」

言い終わらないうちに矢が放たれた。それが合図となって、いっせいに敵の兵士が矢を射る。驟雨のように降り注ぐ矢は、しかし、届く前に空中で弾き返された。

——視えない大きな笠がある。

晴明たちの術によるものだろう、頼光部隊の頭上に大きな遮蔽幕が張られていた。

術で生み出した視えない笠なのに、放たれた本物の矢を撥ね返している。

「晴明」

保輔が馬ごと突っ込んで来た。吉平が晴明を押しやり、かろうじてかわした。無防備になった保輔の背中めがけて、頼光の矢が伸びる。

「はぁっ」

振り向きざま保輔は、気合いもろとも刀で叩き落とした。いったん陣地から離れたが、すぐに馬を返して、もとの場所へ戻る。入れ替わるように文緒と数騎が、晴明と吉平に襲いかかった。

「晴明様！」

小鹿は桃矢を連射する。鏃が小さいため、通常の矢よりも殺傷能力は落ちるが、それでも脅威は与えられる。文緒は退がらざるをえなかった。

――矢数が残り少ない。

桑弧は言うまでもなく小弓。頼光や四天王たちの矢は使えない。以心伝心、心細さを読んだのか、

「あの女子を狙え」

一度は陣地に引いた文緒が、騎兵に命じた。数騎が真っ直ぐ向かって来る。晴明を

含む陰陽師は呪術攻撃を防ぐのに精一杯だ。頼光と四天王も敵の歩兵や騎兵と懸命に戦っている。数では勝る文緒部隊に、思いのほか兵力を奪われていた。

それでも小鹿は、向かって来る敵の騎兵に矢を射かけた。一射目と二射目は二人の騎兵の首と腕をつらぬく。残りは一騎、矢を取ろうとしたが……ない！

「小鹿っ」

吉平が式神を放った。が、慌てたのだろう、騎兵の頭を狙ったそれは紙一重で避けられた。敵の騎兵が突き出した一撃を、小鹿はかわしたが足を滑らせて転ぶ。容赦なく敵の騎兵は二撃目の槍を突き出した。

「死ね！」

と憎々しげに告げたのは、文緒か。

槍先が迫った刹那、眼前に十二単衣の女君が現れた。

四

紫色を重ねたそれは、死んだ藤袴が好んだ十二単衣。むろん、死んだ藤袴が生き返るはずもない。カラか、晴明親子の術による霊体か。

「カラ？」

小鹿は問いかける。守るように現れた藤袴は、敵の騎兵が突き出した槍の柄をがっちり摑んでいた。くるっと手首を回転させるや、敵の騎兵は簡単に落馬する。

「行けっ」

そこに吉平の式神が襲いかかる。蛇のように長くなり、敵騎兵の首に巻きついた。鎧兜は着けているものの、首は無防備に曝け出している。すぐさま失神してぐったりした。

次の瞬間、しゅうぅっと藤袴が縮まってカラになる。小鹿は急いで狩衣の懐に入れた。また、氷のように冷たくなっていた。

――さっきよりも冷たい。

不吉な予感は遠くに追いやる。晴明親子のもとへ行こうとするのだが、敵の歩兵に阻まれて移動できない。突き出される槍や刀を、死に物狂いで避けた。

「金華猫めが、物の怪の分際で我の邪魔をするか」

文緒は社を載せた輿の前で、芦屋道満とともに印を切り始める。夜のように暗くなった空には、何度も稲妻が走った。暗黒の空から毛むくじゃらの巨大な二本の腕が現れる。頼光部隊をつまみあげては、地面に叩きつけ始めた。

——息が苦しい。

小鹿は肩で喘いでいる。のしかかる邪気が、呼吸を妨げていた。逃げまどううちに敵の陣営に近づいていた。いや、文緒が意図的に追い込んだのかもしれない。

「おまえから先に始末してやる」

憎々しげに告げた。怨嗟を込めた表情と声は、早くも勝利を確信しているかのよう。文緒は、小鹿が使う桑弧桃矢と同じものを左手に握り締めていた。

「目障りな小娘は、塵芥となって消え失せろ！」

矢をつがえた瞬間、

「小鹿っ」

後ろで力強い呼びかけがひびいた。と同時に身体ごと軽々と持ちあげられる。馬に乗って現れた藤原重家が、鞍の前に引っ張りあげてくれたのだ。源成信ともども加勢に来たらしい。巧みに愛馬を操って、敵の歩兵を矢で射貫いた。

「案ずるな。桑弧の矢はある」

重家は鞍に下げた矢筒を目顔で示した。晴明か吉平の配慮によるものだろうか。小鹿は急いで矢筒を取り替える。

「射てっ、小鹿！」

重家の声で桃矢を放った。鬼の腕を刺しつらぬいた刹那、爆(は)ぜるように消え失せる。たとえ見た目は小さくても、射手の霊力がそのまま威力になるのだろう。頼光と四天王も騎兵に向かって行った。敵側の騎兵隊はこちらの四倍ほどいるが、擦(す)れ違いざま刀を一振りするや、馬から転げ落ちる。それを歩兵の検非違使が捕まえて縛りあげていった。

小鹿は、天から伸びたもう一本の腕めがけて矢を射る。躊躇(ためら)ってはならないと自分に言い聞かせた。

――慈悲の心で弓矢を射つ。

晴明の教えを実践した。敵の騎兵が一騎、隙(すき)を突いて襲いかかって来る。刀を振り降ろそうとしたとき、成信が槍で敵の騎兵の脇腹を突いた。首と同じく、鎧の連結部分である脇腹付近も弱い箇所のひとつだ。敵の騎兵は、音をたてて地面に落ちる。

「てやぁっ」

今度は重家が槍で別の騎兵の右首を突いた。敵兵は鮮血を噴き出しながら、落馬して地面を転がる。それを頼光の馬が、容赦なく踏みつけた。二十騎ほどいた敵の騎兵部隊は、残り三、四騎になっている。

頼光と四天王の激しい攻撃に、為(な)す術(すべ)もなく斃(たお)されていった。しょせんは付け焼き刃の素人部隊、軍事貴族が指揮する追捕隊にかなうはずもない。

「おのれ、頼光」

文緒の声が、はっきりと聞こえた。輿の前に乗って貴布禰神社のご神体を納めた社の前に立つ。残っていた敵の騎兵と歩兵が、輿を守るように円陣を組んだ。芦屋道満も逃げ出すことなく円陣に加わる。暗灰色の空から数多くの大きな腕が出現した。追捕隊の歩兵を素早く摑みあげて放り投げようとする。

「危ない!」

間一髪、小鹿は桑弧で矢を射った。大きな腕は一瞬のうちに消え失せる。鬼に摑みあげられた歩兵は、叩きつけられる直前に解放された。

「保輔様っ、あの女子を!」

文緒は指さして言った。それほどまでに憎いのか、目障りな小娘という言葉は本心なのか。保輔が二騎を引き連れて迫る。巨大な腕もまた、鬼力を取り戻したように頼光部隊を追いかけた。

「往生際の悪い女子じゃ」

頼光は言い、小鹿に襲いかかろうとした保輔を槍で突いた。が、空から伸びた一本の巨大な腕が、いち早く槍の柄を摑み、いともたやすく奪い取る。保輔は素早く円陣の近くに戻った。

「追捕隊など笑止千万。形だけの軍事貴族になにができるのか。頼光と四天王よ、覚悟するがよい！」

文緒が申し渡したとたん、空から伸びていた巨大な腕がひとつの塊になる。現れたのは暗黒の巨大な瘴鬼。右手に大きな棍棒を持っている。一振りするや、頼光部隊の数人が吹っ飛んだ。巨大な身体に似合わぬ素早さで、騎兵の四天王に棍棒を叩きつける。

あわやの直前、銀色の閃光が走った。

十二神将のひとりが、巨大化して棍棒を握り締めていた。晴明親子と宮廷陰陽師によるものだろう。光り輝く神将と暗黒鬼の霊力比べになる。

「保輔様っ」

文緒は諦めない。輿の近くに来た保輔の馬に飛び移ると、暗黒鬼の中に入った。今度は神将が押され気味になる。

「馬鹿な!?」

と、叫んだのは吉平だった。

「離れろ、文緒。死ぬつもりか！」

呪文を唱えていた一群から離れて前に進み出る。暗黒鬼は文緒と保輔の生気を得たからなのか、ぐぐっと大きくなっていた。合わせるように芦屋道満が、輿に乗って呪文を唱え続ける。

いまや神将は両膝を突き、ひれ伏すような格好になっていた。暗黒鬼は頭を踏みつけ、高らかな笑い声をあげる。

「見るがよい。これが宮廷陰陽師の力じゃ」

文緒は言い、暗黒鬼の右手を動かした。指さしただけで瘴鬼が走る、指先から恐ろしい邪気が迸る。それはまさに毒。直撃を受けた歩兵が、血を吐きながら次々に倒れていった。動いた暗黒鬼の指が、小鹿に向けられる。

「やめろっ」

吉平が駆け寄る前に、瘴気はさらに強い瘴鬼となって襲いかかった。小鹿は素早く矢を射ったが、手応えはまったくない。素通りして終わった。

「降ります」

小鹿は馬から飛び降りる。一緒にいたら重家にまで害が及ぶと思ったからだ。暗黒鬼が発した瘴鬼が、走る小鹿を追いかけた。

「小鹿っ」

吉平が走る、小鹿も駆け寄ろうとする。晴明は持ち場を動けない。巨大な神将に霊力を注ぎ、なんとか立て直そうとしていた。

しかし、瘴鬼の追撃は衰えない。

「小鹿!?」

吉平の手を摑もうとしたとき、ブワッと邪気が膨れあがった。もう駄目だ、鬼撃病のようになって死ぬのだ、大量の血を吐いて無残に……。

「え?」

両膝を突いたまま、おそるおそる目をあげた。眼前には巨大な盾が出現していた。小鹿を守るように、そそり立っている。胸元にいたカラが、一瞬のうちに変化したのだろう。

小鹿は読んだ、カラの気持ちを。

「駄目っ、カラっ、戻って!」

立ちあがろうとしたが、吉平に強く抱き止められた。暗黒鬼を操る文緒は、邪気をどんどん注いだに違いない。暗黒鬼はさらに巨大化していた。

「愚かな金華猫めが、あくまでも我に刃向かうか」

うわんうわんと文緒の声がひびいている。暗黒鬼と完全に一体化しているように視えた。鬼の顔がいつの間にか、角を生やした文緒になっている。

鬼女が呪文を唱えた刹那、

「消えろっ」

呪詛の叫びとともに瘴鬼が噴き出した。巨大な盾は真っ直ぐ伸びて来た瘴鬼を撥ね返した。暗闇を切り裂くように銀色の輝きが疾る。それは瘴鬼を放った相手に真っ直ぐ突進して行った。

悲鳴があがったように思えたが、文緒だったのだろうか。重い衝撃が地面から伝わって来る。少しの間、地震のように揺れた。

「見事な呪詛返し」

吉平が呟いた。暗黒鬼の胸をつらぬいた光輝は、瞬きする間に闇を呑み込む。いや、呑み込んだように視えただけで、実際は爆ぜるように吹き飛ばされたのだろう。暗闇に覆われていた朱雀大路は、夜明けを迎えたかのごとく、すみやかに明るくなっていった。

「呼吸が」

小鹿は大きく息をついた。カラは消え失せている、狩衣の胸元に戻って来ない。重苦しかった空気が、ようやく普通の状態になっていた。

「カラは？」

わかっているのに訊いた、訊かずにいられなかった。

「消えた」

「まさか、そんな」

涙がとめどなく、あふれ出した。別れの挨拶をする暇もなかった。カラは亡骸さえ残さず消え去った。尾張浄人のため、さらには小鹿のために金華猫は、己のすべてを捧げてくれた。

「そう、消えた、なにもかも」

吉平は言って、小鹿を立たせる。彼も泣いているように見えた。なんとかして、文緒を助けようとしたに違いない。だが、声は届かなかった。

倒れていた頼光部隊は正気を取り戻したらしく、文緒部隊を捕縛しにかかる。逃げ足の速い芦屋道満は、いち早く姿を消したようだ。重家や成信も検非違使と動き始める。

「咎人は？」

自分の声が、どこか遠くで聞こえている。暗黒鬼と一体化したはずの文緒は、朱雀大路に倒れていない。辛そうな顔のまま、吉平は小さく頭を振る。それが答えだった。

「藤袴様と同じように」

この世から消滅したのだろうか。カラが返した凄まじい瘴鬼によって命を失ったのか。小鹿は、戦いが繰り広げられた朱雀大路を見やる。倒れていた藤原保輔が、起きあがるところだった。

意識を失っていたらしい。

「は、母上」

周囲を見まわしている。

「どこにおられるのですか、母上。お答えください！」

このうえなく、心細い表情をしていた。まさに母を亡くした子どものそれだった。

小鹿は驚いて吉平を見あげる。

「息子、ですか？」

「さよう。そなたの兄上だ」

吉平は、軽く小鹿の背中を押した。文緒に命じられるまま、夫のふりをした保輔のもとへ行く。

幼子のように泣く兄に、小鹿は手を差し伸べた。

五

小鹿は夢を見ていた。

女の子が、泣いている。

泣いているのは自分であり、文緒でもあった。

「なぜ、泣いている？」

不意に話しかけられた。凛々しい面差しの男児は、五歳ぐらいの藤原保輔だ。出逢いは美作だったのかもしれない。文緒と思しき者が届けた和歌は、そこだけが変えられていた。

特別な場所、だったのだろうか。

年が近い二人は、蹴鞠や歌合、笛や鼓の稽古と、折にふれて遊び、学んだ。

「大人になったら、文緒をおれの妻にする」

幼い頃の約束は守られた。保輔の正妻となった文緒は、わずかな時ではあったものの、幸せに暮らしたのだろう。だが、官僚でもある大貴族のひとりが、なかば強引に文緒を自分の愛妾にする。

そこから保輔は堕(お)ちた。

殺(あや)めて穴に落とした商人は、御所や件(くだん)の大貴族に出入りする御用商人だった。大貴族ばかりを狙い、盗みに入ったのもまた、仇(かたき)の命を奪おうと企んだがゆえの悪事に他ならない。記されてはいなかったが、騒ぎにまぎれて大貴族を殺めたことも考えられた。


保輔は突っ走った。

死に場所を求めて――。

若くして知った真実の愛、かなえられなかった添い遂げる夢。消えた文緒は、どこへ行ったのか。

小鹿は後日、驚きの真実を知ることになった。


二月末。

桜が次々に開花して、京は華やいだ雰囲気に包まれている。花見の宴が毎晩のように催されて、男君たちはいささか酒浸りの日々が続いていた。薬師の丹波忠明に薬草の処方を頼む者も少なくない。

「気分をすっきりさせるには、鬱金(うこん)がよろしいのではないかと思います」

小鹿、と、言われて用意しておいた薬草を盆に載せて差し出した。二人がいるのは、清涼殿――一条天皇の私的な殿舎だ。控えていた女房のひとりが、受け取って庇に出る。炊屋で煎じるのだろう。

「主上におかれましては、昨夜より咳が出ております。お熱もあるように感じられるのですが」

もうひとりの女房が告げた。確かに御簾の向こうで咳が何度も聞こえていた。夜はまだまだ冷え込む時期に、宴三昧では風邪をひくのもやむをえないこと。

「それでは、別の薬草も処方いたします」

忠明は目顔で問いかけた。小鹿であれば、なにを処方するかと試していた。日々、教えを請い、少しずつではあるが、見習い薬師として学んでいる。

「咳と熱ですか」

考えながら訊いた。

「頭風はいかがでしょうか。痛みもおありになりますか」

女房はそのまま御簾へと消える。帝に確認して、ふたたび姿を見せた。

「頭風もおありになるようです。お顔の色もすぐれません。昨夜までは宴三昧でしたので、お疲れも感じておられるのではないかと」

宴三昧だったのは、桜が満開という理由だけではない。二月二十五日には、藤原定子が皇后に、そして、藤原彰子が中宮にという宣旨が正式に出された。これは目出度いとなって、夜毎、皇后を宿直にお召しになられたのである。

「サイシンはいかがでしょうか」

小声で忠明に告げる。解熱や鎮痛、さらには咳にも効能を発揮する薬草だ。数日前にも定子が似たような症状になったため、忠明が処方していた。褥をともにした結果、うつされたに違いない。

「よく憶えていたではないか」

忠明は嬉しそうに答えた。

「これに」

小鹿は、小冊子を躊躇いがちに見せる。紙にその都度、記しておいた内容を清書して綴じた小冊子だ。漢字も平仮名も苦手だが、忘れないように薬草の絵も添えてある。表紙には『くすしの勘文（報告書）』と記していた。

「中宮様、いや、すまぬ。間違えた。皇后様が名付けた小冊子だな」

「はい。まだ、薬師になれるかわかりませんが、ご指南いただいたことは、忘れないようにしたいのです。簡単な病や怪我であれば、いちいち忠明様のお手を煩わせなくても済みますから」

「頼もしいことよ。女房の方々はもちろんだが、女童や下方の者たちも、写して手許に持っているとも聞いた。平仮名と絵が多いゆえ、わかりやすいのであろうな」

はずんだ会話を、女房が空咳で窘める。

「失礼いたしました。すぐにサイシンを処方いたします。他にも滋養となる薬草を混ぜた方がよいかもしれません」

忠明に言われるより早く、庇に置かれていた薬箱を、小鹿は忠明の横に運んだ。いやでも桜の屛風が目に入る。今日は帝の体調が思わしくないため、清涼殿の一角を件の屛風で仕切っていた。

——こんなことが起きるなんて。

どうしても、目が行ってしまう。桜の一枝が現れた屛風には、桜の下に直衣姿の藤原保輔が鮮明に浮かびあがった。そこにいたのは男君ひとりだったものを……隣には消えた多治比文緒が現れたのである。

吉平が名付けた『写絵の術』によるものなのか。文緒はこれを考えたがゆえに、藤原伊周を使って試したのか。

上村主乙麻呂はもちろんだが、工房のだれひとりとして、この屛風には触れていなかった。気づいたのは、小鹿が乙麻呂を訪ねたときであり、もしかしたら、文緒にとっては娘にあたる者の霊力で新たに描かれたことも考えられた。

が、真実はわからない。

だれが言い出したのか、これまたわからないのだが、桜の屏風に恋の成就を願えば叶うと噂になっていた。御所らしいというべきか。凶事を吉兆に変えるのは、狭い世界で生きる知恵なのかもしれなかった。

「母上です。幸せそうなお顔をしておられる」

父と同じ名を与えられた保輔は、屏風を見て泣いた。吉平が後見役として名乗りをあげたことから、死罪や流罪ではなく、出家を命じられて入寺している。保輔が言った通り、屏風に現れた文緒は、男君の隣で美しい笑みを浮かべていた。

小鹿は思い出して微笑った。

「どうかしたのか」

忠明が気づいて小鹿と屏風を交互に見やる。

「いえ、今朝、目覚める前に夢を見たのです。尻尾の長い綺麗な三毛猫の夢でした。カラだと思うのですが、カラは尻尾が短かったので、どんな意味のある夢なのかしら、と」

「霊託かもしれぬな」

　答えて、ここはもういいと続けた。遅れて来た助手が、会釈しながら入って来る。忠明は早朝から深更まで働くのだが、助手には休みを与えているため、手が足りないときは小鹿の出番となる。

「それでは、失礼いたします」

　御簾に向かって一礼し、忠明にも頭をさげて、庇に出た。清涼殿の前庭にも何本かの桜が植えられている。だが、ここの桜だけは、まだ、固い蕾のままだった。春の訪れが遅れているように感じられた。

「小鹿」

　乙麻呂がこちらに歩いて来る。小鹿は毎日のように工房へ行き、絵の指南を受けていた。絵師か薬師か、まだ決めかねている。少納言に両方、学べばいいと言われて、通うようになっていた。

「乙麻呂様。珍しいですね、こちらへおいでになるのは。ちょうど工房に伺おうと思っていたところです」

「そなたの喜ぶ顔が見たくて」

　破顔して懐から出したのは……。

「カラ！」

思わず声をあげる。生後十数日と思しき三毛の仔猫は、夢で見たように尻尾が長かった。小鹿は抱きしめて頬ずりする。

「あぁ、信じられない。カラよ、間違いないわ。模様がカラと同じだもの。目覚める直前に夢でみたあれは、霊託だったのね」

涙目で訊いた。

「どこに？」

「工房の床下だ。鳴き声が聞こえたゆえ、覗(のぞ)き込んで見つけたのだが、驚いたことにオスなのだ」

「本当だわ」

「母猫を探したのだが、仔猫が一匹だけだった」

「お帰り、カラ。よかった」

喜びと同時に、後ろめたさも覚えている。文緒が消えたと知ったとき、どこかで安堵(あんど)している自分がいた。さらにカラを失ったことが哀しくて、ほとんど思い出すこともない、いや、思い出さないようにしていた。

普通の母娘(おやこ)のように他愛のない話がしたかった。呪術の競い合いではなく、恋の相談をしたかった。

――母上。

心の中でそっと呼んでみる。

とそのとき、

「桜が」

乙麻呂が声をあげた。固い蕾だった前庭の桜が、次から次へと一斉に開き始めた。素晴らしい芳香が広がる。

「初めて『母上』と心の中で呼びかけてみたのです。そうしたら」

小鹿の言葉に、乙麻呂は笑った。

「そなたといると飽きぬな。まことに、おもしろい女子よ。それにしても、よい薫りだ。清涼殿の桜が、これほどまでに薫るとは」

「おお、満開ではないか」

晴明が吉平とこちらに歩いて来る。ひときわ大きな真ん中の桜の下に……幻(まぼろし)だろう。文緒と保輔が現れた。

「晴明様、吉平様」

小鹿は目顔で示しながら、カラを抱きしめる。陰陽師親子にも視えたのだろう。晴明は印を切り、吉平は無言で見つめた。

美作(みまさか)に咲くやこの花冬ごもり
今を春べと咲くやこの花

文緒の聲(こえ)だろうか。いつまでも聞いていたいような、やさしいひびきを帯びている。カラにも聴こえたのかもしれない。ニャアニャアと小さな声で鳴いている。帰って来たよと挨拶をしているようだった。

あとがき

安倍晴明シリーズの第三弾です。

いささか、わかりにくいかもしれないので説明いたします。今回の『安倍晴明くすしの勘文』は、主人公が小鹿であり、『安倍晴明くれない秘抄』の続きになります。年代順にいきますと、『安倍晴明くれない秘抄』『安倍晴明くすしの勘文』、そして、最後に約五年後の話として『安倍晴明あやかし鬼譚』となります。ややこしくて、すみません。

年が明けて小鹿は十六。多少、慣れてきたとはいえ、御所暮らしはなかなか骨が折れる。また、いったい、自分はなにになりたいのかという悩みも生まれました。これはとりあえず食べていける状態になったからですね。三食とは言わないまでも、せめて二食、毎日、手に入れるにはなどと考える暮らしでは、とうてい生業云々にはなりませんから。

今までから比べると、考えられないほど恵まれた暮らしです。小鹿は絵の才があるらしく、周囲からは絵師として技を磨けばと助言されますが、薬師にも心惹かれるものがある。贅沢な悩みの狭間にいるわけです。

そこに現れたのが、魅力ある男君。すわ、小鹿にモテ期到来か、みたいな感じでしょうか。詳しくは本文をお楽しみください。

資料を色々読むうちに、磯田道史さんの『天災から日本史を読みなおす　先人に学ぶ防災』（中公新書）に出会いました。そこになんと安倍晴明様の話が載っているではありませんか!?

『陰陽師・安倍晴明が津波を封じたまじないの塚』がそれです。遠州藤塚村の七不思議のひとつであるとか。昔、安倍晴明様がこの地に来て、卜筮（占い）をやり、

「この村には近日中に津波がきて人家が流され溺死者が多く出るだろう」と嘆いた。村人は驚き、その水難を避ける方法はあるか、と訊いた。あたりまえですよね。なんとしても避けたいと思います。すると晴明は、

「この浜辺に塚を築いたらよい」

と言って、赤色の石を集めて並べ山のように積み上げた由。そして、「この塚より

内側には波が入ることはない」と言った。はたして、その翌日（ギリギリ間に合ったか）、大津波が襲来して、浜辺の人家はみな流された。藤塚村だけが残り、ほかの村は一軒も残らなかった、と、あるそうです。

その山（藤塚）の高さは二間（三・六メートル）あまり。石が敷かれているようです。この塚の上に子どもが上がって、土砂や石が下へ崩れ落ちても一夜のうちに元に戻るとか。また、ここの赤石を持ち帰ると、たちまち祟（たた）りがあり、狂気するので人々はみな恐れているともありました。もっとも、今は交通安全のお守りと言って赤石を持ち帰るそうですが……なぜ、交通安全のお守りなのだろうと、わたしは個人的に思いましたけれど。

磯田道史さんは、この塚のそばの砂丘が、この一帯では一番、海抜（標高）が高そうだと思ったそうです。こういうところが、凄いですよね。しかも、すぐさま国土交通省のネット上の地図で測ってみた。すると、やはり、晴明塚の南側の砂丘が海抜十四・五メートルで一帯の最高地点であることが判明したそうです。

いや、安倍晴明様も凄いですが、磯田道史さんの推察力と行動力も素晴らしい。読みながら、しみじみ感心しました。

それにしてもです。安倍晴明様の霊能力、今で言うところの超能力は、本物だったのでしょう。平安時代当時、「七割当たれば神」と讃えられたそうですが、晴明様は軽くクリアしていたようです。地上で起きる事象は、すべて天に映し出されるとか。それを読んだがゆえに、津波の到来を察知できたのでしょうか。

地震、台風とゲリラ豪雨、酷暑、地球温暖化と、待ったなしの状況が続いています。現代に晴明様が転生したら、どう思うでしょう。なんと言うでしょうか。わたしなどはせいぜいゴミの分別や節電するぐらいしか、できることはありませんが、できることをやればいいのかもしれませんね。

最後になりましたが、今回、カバーを描いてくださった下村富美さん。本当にありがとうございました!!　わたしは下村さんの絵が大好きです。毎回、次はどんなカバーになるだろうと楽しませていただきました。また、機会がありましたら、よろしくお願いいたします。

さまざまなことを思いつつの「あとがき」になりました。『安倍晴明くすしの勘文』、ほんの少しですが成長した小鹿の活躍をご覧いただければと思います。

〈参考文献〉

『平安貴族とは何か　三つの日記で読む実像』倉本一宏　NHK出版新書
『古代の女性官僚　女官の出世・結婚・引退』伊集院葉子　吉川弘文館
『猫の日本史　猫と日本人がつむいだ千年のものがたり』桐野作人・吉門裕　戎光祥出版
『平安京のニオイ　歴史文化ライブラリー224』安田政彦　吉川弘文館
『呪いの都　平安京　呪詛・呪術・陰陽師』繁田信一　吉川弘文館
『不思議猫の日本史』北嶋廣敏　グラフ社
『平安朝の女性と政治文化　宮廷・生活・ジェンダー』服藤早苗・編著　明石書店
『紫式部の実像　稀代の文才を育てた王朝サロンを明かす』伊井春樹　朝日新聞出版
『本当は怖ろしい万葉集　歌が告発する血塗られた古代史』小林惠子　祥伝社黄金文庫
『陰陽道物語』滝沢解　春秋社
『陰陽師列伝　日本史の闇の血脈』志村有弘　学研
『奈良・平安ことば百話』馬淵和夫　東京美術

『桜　ものと人間の文化史』有岡利幸　法政大学出版局
『塩　ものと人間の文化史』平島裕正　法政大学出版局
『梅干　ものと人間の文化史』有岡利幸　法政大学出版局
『絵師　ものと人間の文化史』むしゃこうじみのる　法政大学出版局
『平安京の災害史　都市の危機と再生　歴史文化ライブラリー３４５』北村優季　吉川弘文館
『風水と家相の歴史　歴史文化ライブラリー２７０』宮内貴久　吉川弘文館

この作品は徳間文庫のために書下されました。

徳間文庫

安倍晴明(あべのせいめい)くすしの勘文(かもん)

2024年11月15日 初刷

著者 六道(りくどう)慧(けい)
発行者 小宮英行
発行所 株式会社徳間書店
東京都品川区上大崎三−一−一
目黒セントラルスクエア 〒141−8202
電話 編集〇三(五四〇三)四三四九
販売〇四九(二九三)五五二一
振替 〇〇一四〇−〇−四四三九二
印刷
製本 中央精版印刷株式会社

ISBN978-4-19-894974-7 (乱丁、落丁本はお取りかえいたします)

徳間文庫の好評既刊

六道 慧
安倍晴明 くれない秘抄

書下し

少女・小鹿は、清少納言の実の妹であるとして貧民街から引き取られ、御所の中宮定子付きの針女（下働き）として仕えることに。定子は一条天皇の寵を受けつつも、父の関白・藤原道隆の死や左大臣・藤原道長の台頭により不安な日々を過ごしている。そんな折、ひょんなことから、小鹿は稀代の陰陽師・安倍晴明に弟子入りすることとなった。玄妙なる怪異に満ちた平安伝奇絵巻。